徳間文庫

十津川警部「故郷」

西村京太郎

徳間書店

目次

第一章　若狭小浜《わかさおばま》

1

現場は、凄惨を極めていた。

中野《なかの》駅近くにある、マンションの五〇六号室で、まず、その部屋に住んでいる、若い女の死体が、発見された。

女の名前は、広瀬《ひろせ》ゆかり。六本木《ろっぽんぎ》のクラブの、ホステスである。

彼女は、鋭利な刃物で、胸を二カ所刺され、血まみれになって、死んでいた。

さらに、このマンションから、歩いて、十五、六分のところにある、小さな有料駐車場の奥に、停まっていた、軽自動車の中で、若い男が、これも、血まみれになって死んでいるのが、発見された。

この、若い男の死体のそばには、サバイバルナイフが、転がっていたが、そのサバイバルナイフには、男本人のもののほかに、別の人間の血も、ついていた。

調べた結果、それが、広瀬ゆかりのＤＮＡと一致した。

最初に、考えられたのは、軽自動車の中で死んでいた男が、広瀬ゆかりを殺して、自分の軽自動車の中に逃げてきて、そこで、自殺をしたということだった。

この事件を、捜査した警視庁が、困惑に包まれたのは、死んでいたその男が、警視庁捜査一課の片山明《かたやまあきら》という、現職の刑事だったことである。

片山刑事の住んでいたマンションは、その有料駐車場の、近くにあって、中古の五階建てで、彼は、その五階の、１Ｋの部屋を、借りていた。

部屋代が四万円と、東京都内としては、格安だったのは、このマンションが、古いもので、今時のマンションとしては珍しく、エレベーターが、ついていなかったからだった。

特に、最上階の五階の部屋は、階段を登らなくてはならないので、格安に、設定されていた。

片山刑事の上司の十津川《とつがわ》警部も、亀井《かめい》刑事も、この事件に、衝撃を受け、信じられなかった。

特に、片山刑事の同僚たちは、彼が、殺人を犯すなどということは、到底、受け入れられずにいた。

しかし、捜査が進むと、広瀬ゆかりの2DKの部屋の中から、片山の指紋が、いくつか採取され、さらに、彼女のマンションの管理人が、片山の姿を、何回か見かけていることも、証言された。

捜査の結果、彼女の部屋には、時計や指輪などの、貴金属のほか、三十万円近くの現金が、あったことが、確認された。そのことから、この殺しは、物取りの犯行ではなく、怨念からの犯行であると、考えられた。

このことも、さらに、片山の立場を、悪くするものになった。

広瀬ゆかりを、好きになった片山が、ストーカー的に、彼女に近づき、拒否されたので、殺したのではないか、そんなふうに考えることが可能だからである。

それでもなお、片山の同僚たちの中には、彼を犯人と信じないものが多かったし、特に、片山とコンビを組むことの多かった、田中《たなか》刑事などは、頑《がん》として、片山が、広瀬ゆかりを、殺したとは、信じようとしなかった。

「そうでしょう、警部」

と、田中は、十津川に向かって、いった。

「被害者である、広瀬ゆかりの、働いていたクラブは、六本木でも、高級なクラブで、高い店だときいています。そんな店に、片山のような安月給の男が、行けるはずが、ありませんよ。二人が、知り合うきっかけなんて、ないじゃありませんか」

「それなんだがね。三田村《みたむら》と、北条早苗《ほうじょうさなえ》刑事が、調べたところによると、今から六カ月前、つまり、去年の九月頃、中野で、彼女が、痴漢に遭《あ》った。その時、たまたま、近くを通りかかった片山が、彼女を助けたというんだ。つまり、二人は、クラブの客と、ホステスの関係ではなくて、この中野で、ただの男と女として、知り合ったんだよ」

「しかし、そんな話、私は、片山から、きいていませんよ」

と、田中は、いった。

「おそらく、片山は、自慢そうに、話すのが嫌だったんだろう。しかし、これは、事実なんだよ。二人が、中野で知り合ったのは、確かなんだ」

と、十津川は、いった。

「そうやって、知り合った、広瀬ゆかりに、片山が熱をあげて、挙句《あげく》の果てに、殺してしまったということですか？」

と、田中が、抗議するように、いった。

「もちろん、私だって、片山が、犯人だとは信じていない。しかし、可能性は、否定できないじゃないか。広瀬ゆかりは、店でも、ナンバーワンのホステスだったというし、確かに、美人で魅力があったらしい。そんな彼女を、片山が、好きになったとしても、おかしくはないよ」

と、十津川は、いった。

司法解剖の結果、広瀬ゆかりが、殺されたのは、三月九日の夜、午後九時から、十時の間とわかった。この日は日曜日で、六本木の店は休みである。

そして、死体が、発見されたのは、翌十日の早朝だった。

捜査本部は、中野警察署に、設《もう》けられた。

その日の夜の、捜査会議は、当然ながら、重苦しいものに、なった。

本部長の、三上《みかみ》刑事部長をはじめ、全員が、片山刑事犯人説を、採《と》ろうとしなかったから、当然、会議は、もし、片山刑事が、犯人でないとすると、誰が、二人を殺したのか、という話になった。

考えられることは、一つである。殺された広瀬ゆかりは、六本木のクラブで、ナンバーワンだった。当然、男関係も、派手だったに違いない。

その男の一人が、彼女と、片山刑事との間を疑った。そして、嫉妬にかられて、広瀬ゆかりを殺し、続いて、片山刑事まで、殺したのではないのか？　そして、犯行に使ったナイフを、片山刑事のそばに、置いておいたのではないのか？

　まず、明日からの捜査は、この線で、進めることが、決定した。

　しかし、翌日の記者会見では、さすがに、こうした、身びいきの見解を、表明することはできず、捜査本部長の三上は、記者たちに向かって、こういった。

「われわれとしては、二つの方向で、捜査を進めたいと、思っております。一つは、残念ながら、捜査一課の片山刑事が、広瀬ゆかりと、無理心中を図《はか》って、彼女を殺し、そして、自分の車の中で、自殺したのだという線です。第二は、広瀬ゆかりは、六本木のクラブのナンバーワンで、男関係も派手だったので、その男の一人が、彼女を殺し、嫉妬から、片山刑事をも、殺したという線です。われわれは、身びいきすることなく、冷静に、この二つの線で今回の事件を捜査しようと、考えています」

　刑事たちは、一斉に、被害者、広瀬ゆかりの、男関係を、調べていった。

　もし、彼女と関係のあった、男たちの中に、犯人がいないとなれば、自然に、片山刑事の無理心中説が、正しいことになってしまう。それだけに、刑事たちは、必死に、広瀬ゆかりの男関係を、調べていった。

　十津川が、予想した通り、広瀬ゆかりには、多くの、男性関係が、あった。

その中から、特に親しかった、男性三人が浮かび上がってきた。

いずれも、六本木のクラブに、足繁く通っていた、客たちである。そのうち、一人は、結婚しており、後の二人は、独身だった。

妻帯者の平山憲一郎《ひらやまけんいちろう》は、五十歳で、今流行の、ベンチャービジネスで、最近、めきめきと、業績を上げている会社の社長だった。年商は、二十億円とも、三十億円とも、いわれている。

後の二人は、独身で、三十五歳の吉竹隆夫《よしたけたかお》は、吉竹病院の、院長の息子だった。

最後の小田章《おだあきら》は、三十二歳で、大手のＩＴ企業で、その若さで課長をやっていた。いわゆる、エリートコースの一人である。

三人とも、この不景気の中で、金を持っているか、出世コースに、乗っている。それだけに、自信に、満ちていた。

刑事たちは、この三人の、アリバイを、調べていった。

三上本部長は、十津川に向かって、

「私はね、記者会見で、警察は、二つの方向で、捜査を進めていると、いってある。だから、一応、片山刑事についても、調べなくては、おかしいと思われる」

と、いった。

「わかっています」

と、十津川は、うなずいた。

「片山刑事の問題は、犯行に使われたと思われる、凶器の、サバイバルナイフです。もし、あのサバイバルナイフが、片山刑事のものと、わかれば、その時点で、彼を犯人と、断定せざるを、得なくなってしまいます。ですから、片山刑事の場合は、あのサバイバルナイフだけを、調べていこうと、思っています」

「それで、誰のものと、わかったのかね？」

と、三上が、きいた。

「それを、今、調べているところです」

とだけ、十津川は、いった。

十津川は、田中刑事を呼んで、

「例の凶器の、サバイバルナイフだが、君は、片山のことを、よく知っているはずだ。それで、きくんだが、彼には、ナイフを、集めるような趣味があったのかね？」

と、きくと、田中は、急に暗い表情になった。

「どうしたんだ？」

と、十津川が、さらにきくと、田中刑事は、

「実は、片山には、ナイフを、収集する趣味が、あったんです。ああいった、サバイバルナイフも、当然持っていたものと、私は思っています」

と、いった。

「しかし、だからといって、片山が、そのナイフを使って、広瀬ゆかりを殺し、自殺を図ったとは、断定できないだろう？」

「そうなんですが、しかし、ナイフを、収集していたことが、わかれば、マスコミはきっと、片山が、無理心中を図ったと、書きたてると思います。それが怖《こわ》いんです」

と、田中は、いった。

2

十津川たちが、容疑者としてマークした三人の男たちの、アリバイ調べは、意外と、簡単に、済んでしまった。

というのは、三人とも、いわば、成功者であって、交際範囲が、広かったからである。

事件があったのは、日曜日だったが、それでも、平山憲一郎や、吉竹隆夫、そして、三人目の、小田章にしても、この日、知人と、夕食をともにしていて、その後も銀座《ぎんざ》などに、飲みに行って、いたからである。

三人のアリバイが、次々に、証明されていくにつれて、捜査本部の空気は、一層、重くなっていった。

彼等のアリバイが、証明されてしまえば、どうしても、片山刑事の、無理心中説が強くなってくるからである。

事件の三日目には、三人とも、アリバイが、証明されてしまった。

その日、十津川は、亀井と田中の二人に向かって、

「これから、片山のマンションを、調べに行くぞ」

と、いった。

「片山のことを、調べなくては、いけませんか?」

と、田中が、気が重いという感じで、十津川に、いった。

「片山だって、容疑者の一人なんだ。当然、調べなきゃ、いけないだろう」

と、十津川は、いった。

「警部は、まさか、片山が、広瀬ゆかりを殺して、無理心中を図ったなんて、考えておられないでしょうね?」

「私だって、そんなことは、信じたくないさ。しかし、ここまでくると、その可能性は、否定できないんだよ」

と、十津川は、いった。

三人は、片山刑事が借りていた、マンションに向かった。五階建ての、中古マンションである。

その、急な階段を、登りながら、

「今時、エレベーターがないなんて、珍しいな」

と、亀井刑事が、いった。

「だから、安いんですよ。それに、片山のヤツ、エレベーターがないおかげで、足が鍛《きた》えられると、喜んでいましたよ」

と、田中が、いった。

「それは、若いから、いえるんだ。私には、キツイよ」

と、亀井が、文句をいった。

五階に着くと、三人は、1Kの部屋に入っていった。

若い、独身の男の部屋らしく、殺風景だった。ただ、テレビのそばにある、ガラスケースの中には、ナイフが、何本も並んでいた。そのことが、十津川の気を、重くした。

「これが、君のいっていた、ナイフの、収集か？」

　と、十津川は、田中に、声をかけた。

「そうですよ。彼の唯一の、趣味なんです」

　と、田中が、いった。

「この中に、事件に使われたものに似たサバイバルナイフも、飾ってありますね」

　と、亀井が、いった。

「コレクションがきれいに並べられていたら、片山は、無実だということに、なるんじゃありませんか？」

　勢い込んで、田中が、いう。

「しかしだね、同じサバイバルナイフを、二本買っていたとしたら、無実の証拠には、ならないよ」

　と、十津川が、冷静に、いった。

「確かに、それはそうですが」

　と、田中は、黙ってしまった。

　狭い八畳一間だけの、ワンルームである。調べるといっても、それほど時間は、かからない。

十津川は、テレビの上に、飾られている写真に目をつけた。写真立てに入った小さな写真で、そこには、若い女性が写っていた。

しかし、それは、あの、広瀬ゆかりでは、なかった。

「君は、この女性が誰か、知っているか？」

と、十津川が、田中に、きいた。

「いえ、知りません」

と、田中が、いう。

「しかし、こうして、写真立てに入れて、飾ってあるんだから、片山の、つき合っていた女性じゃないのか？」

と、十津川が、きいた。

「そうかも知れませんが、私は、何もきいていないんです」

と、田中が、いった。

「片山の郷里《くに》は、どこだったかな？」

と、亀井が、田中に、きいた。

「確か、福井《ふくい》県の、小浜《おばま》だと、きいたことがありますが」

「福井の小浜というと、例の、鯖《さば》街道の起点か？」

と、田中が、いった。

と、十津川が、いった。

三人とも、それほど小浜については、詳しくはない。十津川は行ったことがないし、亀井も田中刑事も、同じく、行ったことがないという。

「片山が、死んだことは、小浜の両親に、伝えたのか？」

と、十津川が、亀井に、きいた。

「確か、片山の両親は、すでに、死んでいると、きいたことがあります」

と、亀井が、答える。

「じゃあ、小浜には、誰もいないのか？」

「確か、妹さんが一人、小浜にいるはずですが」

と、田中が、いった。

「しかし、そんな話を、片山から、きいたことはないぞ」

と、十津川が、いった。

「その妹さんは、現在、小浜の病院に、入院しているはずです。そんなことをきいたことがあります」

と、田中が、いった。

「病気で入院中か。どんな病気なんだ？」

と、十津川が、きいた。

「私も、よく知りません。ただ、片山がいっていたことから、推測すると、交通事故に遭って、入院しているみたいです」

「そうだとすると、入院費なんかが、大変なんじゃないのか？」

と、亀井が、きいた。

「今もいいましたように、彼女は、交通事故で、はねられた、被害者のほうですから、入院費は、相手が持っているんじゃありませんか？」

と、田中が、いった。

「じゃあ、この写真は、片山の、妹さんかな？」

と、十津川が、手に持った写真に、目をやった。

「いいえ、それは、妹さんではないと、思います」

と、田中は、いった。

「どうしてだ？」

と、亀井が、きく。

「確か、入院している、妹さんというのは、まだ十代の、はずですから」

と、田中が、いった。

確かに、写真の女性は、どう見ても、二十三、四歳に見える。それに、片山刑事にも、似ていなかった。妹なら、もう少し、似ているだろう。

「本当に、片山の両親は、亡くなっているのかね？」

と、十津川が、亀井に、きいた。

「そうきいています」

と、亀井が、答える。

「とすると、入院中の妹さんに、片山が死んだことについて、話すのは気の毒だな」

と、十津川が、いった。

しかし、話さないわけにはいかないだろう。

「明日、福井県の小浜に行って私から知らせよう」

と、十津川が、いった。

3

片山刑事の履歴書によれば、彼の郷里は、福井県小浜市三丁町《さんちょうまち》に、なっていた。

十津川が、明日、亀井刑事と二人で、片山刑事の郷里を、訪ねるつもりだというと、本部長の三上は、

「なるべく、マスコミに、知られないように、行ってこいよ」

と、いった。

亀井が、わざと、

「どうしてですか？」

と、きくと、三上は、渋面《じゅうめん》を作って、

「マスコミは、現職の刑事が、無理心中を図って、殺人を犯したというストーリーが、好きなんだ。だから、君たちが、片山刑事の郷里を、訪ねていくとわかれば、何か、事件のもみ消しに行くと、勘ぐるに違いない。だから、連中に、知られないように、行ってこいと、いっているんだ」

翌日、十津川と亀井は、新幹線「こだま」で、米原《まいばら》まで行き、米原から、北陸本線

で、敦賀《つるが》に出た。敦賀からは、小浜線である。

「小浜って、どんな、街なんでしょうかね？」

と、車内で、亀井が、きいた。

「私も、初めての街だから、わからないが、昨夜、パソコンを使って、小浜市の、ホームページにアクセスしてみたんだ。その答えが、これだよ」

と、いって、十津川は、コピーしたものを、亀井に、渡した。それには、「小浜市民憲章」と、書かれている。

〈私たちの小浜市は、
日本ではじめて象が来たまちです。
水と魚や野菜が一番うまいまちです。
京や奈良の都へ文化を伝えたまちです。
時代の先覚者をたくさん生み出したまちです。
これを誇りとしここに市民憲章を制定します。
一、歴史と文化財を生かし、豊かな心をはぐくみ文化の創造につとめます。
一、豊かな自然を守り、食文化のまちづくりを進め健康ともてなしの心を大切にします。

一、学問を愛し、勤労を喜び、国際社会にはばたける人間をめざします〉

「小浜市民憲章」には、こう書かれていた。

「日本で初めて、象が来た街というのは、どういうことですかね？」

と、亀井が、いった。

「私も、象のことは、知らなかったんだ。たぶん、一四〇〇年頃の小浜は、貿易港として、栄えていたそうだから、その頃、南蛮船《なんばんせん》かなにかが、象を運んで来たんじゃないかな」

と、十津川は、いった。

十津川が、小浜について、知っているのは、鯖街道という、名前だけである。

昔、小浜で、獲《と》れた鯖を、塩漬《づ》けにして、京都まで運んだ。ちょうど、京都に着く頃には、塩が、ほどよく効《き》いて、旨《うま》くなっていたらしい。それが鯖街道である。

昼少し前に、小浜駅に、着いた。

三角形の、屋根が並ぶ、可愛らしい、駅である。

去年になって、やっと、電化されたが、それまで、小浜線が電化されていなくて、それを象徴するように、駅の構内には、蒸気機関車のための、給水塔が、まだ残っていた。

二人は、初めて来た街なので、駅前で、タクシーを拾った。

タクシーの運転手は、二人を、観光客と思ったのか、車内に用意していた、パンフレットを渡して、

「どこでも、ご案内しますよ」

と、いった。

「三丁町に、行ってもらいたいんだ」

と、十津川が、いった。

もちろん、三丁町が、どういうところか、十津川も亀井も、知らない。

タクシーが走り出すと、十津川は、運転手に、

「三丁町というのは、どういうところなんだ?」

と、きいた。

「昔、小浜の街が栄えていた頃、遊郭《ゆうかく》がありましてね。古い、紅殻格子《べんがらごうし》の家並みが、あるところですよ。今も、芸者さんがいますよ」

と、教えてくれた。

十津川は、片山刑事が、履歴書に書いていた所番地を、運転手に見せて、

「ここに行きたいのだが」

と、いった。

「じゃあ、とにかく、向こうへ行ってから、調べてみましょう」

と、運転手は、いった。

タクシーは、まず、小浜港の見える場所に、向かった。初めて見る小浜の港は、静かで、穏《おだ》やかだった。

船泊まりにあるのは、すべて、漁船で、ほかに、遊覧船の乗り場も、あった。

港の周辺には、観光客目当ての、小浜の魚を売る店があって、それは「フィッシャーマンズワーフ」と呼ばれていた。

「この辺《あた》りは、すべて、埋立地です」

と、運転手が、いった。

そこから、目的地の、三丁町に、行ったのだが、それが、正しいルートなのか、運転手が、二人を観光客だと思って、大回りをしたのかは、わからない。

三丁町は、運転手が、いったように、古い家並みで、昔の遊郭も、あった。

小さな旅館が並ぶ一角もあり、運転手は、車を停めると、降りて、問題の番地の場

所を、きいてくれた。

その後で、運転手が、二人を連れていったのは、小さな旅館の前だった。

「確か、ここの番地が、そうなんですがね」

と、運転手が、いった。

二人は、車から降りて、その旅館で、きいてみた。

奥から出てきた、中年の女性は、十津川たちに向かって、

「確かに、三年前までは、片山さんという方が、ここで旅館をやっていたのですが、ご夫婦ともに亡くなって、今は、私どもが息子さんに依頼されてやっております」

と、いった。

「確か、片山さんには、お子さんが二人いたと、思うのです。何でも、妹さんのほうが、この小浜の病院に、入院しているときいています。どこの病院だか、ご存じありませんか?」

と、十津川が、きいた。

「海岸近くのN病院ですが――」

と、相手は、教えてくれた。

十津川と亀井は、タクシーに戻り、運転手に、

「N病院に、行ってくれ」

と、いった。

タクシーは、海岸沿いの道を通り、小浜港の見える場所にある、総合病院に、二人を、連れていってくれた。

そこで、二人は、病院の受付で、片山という若い女性が、入院している病室をきいてみた。

病院の事務局の人間が出てきて、十津川に向かって、

「片山みどりさんの病室は……です」

と、答えた。

その職員の話によると、片山みどりという女性は、六カ月前交通事故に遭い、救急車で、運ばれてきて、入院したのだという。

「現在、リハビリ中です」

と、職員が、いった。

「その片山みどりさんの、お兄さんが、見舞いに、来ませんでしたか？」

と、十津川が、きいた。

「ええ、お兄さんという人が、何度か、お見舞いに、来てらっしゃいます。確か、東

京で、警察の仕事をしていらっしゃるということでしたが」

と、その職員が、いった。

「それで、その片山みどりさんは、完全に治る可能性が、あるのですか？」

と、亀井が、きいた。

「左足が不自由になる可能性もありましたが、リハビリは期待より順調です」

と、相手は、いった。

「そのことは、見舞いに来たお兄さんに、知らせましたか？」

と、十津川が、きいた。

「担当医が、直接伝えたはずです」

と、相手は、いった。

こういう妹がいることを、片山は、一言《ひとこと》も、十津川や亀井に、話していなかった。

たぶん、同情されるのが、いやだったのだろう。

片山は、確かに、負けず嫌いで、弱音《よわね》を、吐かない男だった。

4

十津川と亀井は、片山みどりの入っている病室に案内してもらった。しかし、片山みどりは、リハビリの疲れで眠っていた。

二人の刑事は、病院長にだけ、片山刑事の死の様子を、伝えてから、病院を、あとにした。

「これからどうしますか？　今からでも、東京に、戻れますよ」

と、亀井が、腕時計に、目をやって、いった。

「私は、今晩、この小浜に泊まって、もう一日、この街を、見て回りたいね」

と、十津川が、いった。

「どうしてですか？　片山みどりに会うためですか？」

と、亀井が、きく。

十津川は、黙って、ポケットから、片山刑事の部屋で見つけた、写真を取り出して、亀井に渡した。

「ああ、この女性の件ですか？」

「この女性だがね。片山のことを、よく知っている田中刑事も、彼女のことを知らなかった。片山のマンションの住人に、きいても、誰も、知らなかった。ということは、ひょっとすると、この女性は、この小浜の街に、いるんじゃないだろうか、そう思っているんだよ。それで、今晩、小浜に泊まって、明日一日、小浜の街を探して、もし、この女性が、見つかれば、彼女に、片山について、きいてみたいんだ」

と、亀井が、いう。

と、十津川は、いった。

「そうですね。警部のいわれる通り、この女性は、小浜の人間かも、知れません」

と、亀井も、いった。

十津川は、タクシーの運転手に、

「今夜、この小浜に、泊まりたいんだが、適当なホテルか旅館を、探してくれないか？」

と、頼んだ。

タクシーの運転手が、教えてくれたのは、小浜港に近い、Sというホテルだった。さほど大きくない、六階建ての、ホテルである。

そこに、二人は、チェックインして、海の見える部屋に、入った。

十津川は、片山刑事が書いた、履歴書のコピーを取り出した。

その履歴書によれば、片山は、小学校、中学校、そして、高校は、地元小浜の学校を、卒業している。大学は、東京である。

とすると、高校三年まで、この小浜に、いたことになる。

「明日、この高校に、行ってみようじゃないか」

と、十津川が、亀井に、いった。

ホテルでの夕食の後、十津川が、東京の捜査本部に、電話をすると、電話に出た西《にし》本《もと》が、

「状況は、ますます、悪くなっています」

と、十津川に、報告した。

「どんなふうに、悪いんだ？」

と、十津川が、きいた。

「例の三人のアリバイが、確定しました」

「それは、わかっているんだ。ほかにも、悪い知らせが、あるのかね？」

と、十津川が、きいた。

「それは、被害者広瀬ゆかりが、勤めていたクラブのホステス仲間や、ママの証言で

す」

と、西本が、いった。

「彼女が、同僚のホステスや、ママに話していたことに、こんなことが、あるのだそうです。〈中野の近所に住む刑事さんに、助けられたことは、感謝しているけど、その刑事さんが、会うごとに、自分に向かって、ホステスなんて、辞《や》めなさい、もっと、ちゃんとした仕事をしなさいと、お説教をするので、困っている。刑事さんは、善意で、いっているんだけど、押しつけがましくて、私は困っている〉と、いっていたそうなんです」

「つまり、片山刑事が、被害者の広瀬ゆかりにとって、悩みの種《たね》に、なっていた、そういうことか」

「そうなんです。この証言が、公《おおやけ》になれば、片山の立場は、ますます、不利になってきます。片山は、真面目《まじめ》な男ですから、クラブのホステスの、広瀬ゆかりに向かって、そういうお説教を、したかも、知れないんです。いや、した可能性が、大いにあります。それで、彼女と、ケンカになって、片山が、カッとして彼女を刺し殺してしまった。そして、自分のそうした行為に、驚いて、自殺を、してしまった。そんなふうに、世間は、考えるんじゃないでしょうか？」

と、西本が、いった。

「マスコミは、もう、その話を、知っているのか？」

と、十津川が、きいた。

「新聞もテレビも、まだ、取り上げていませんから、知らないと思います。記者たちも、いずれ、広瀬ゆかりの、働いていたクラブに行って、話をきくでしょうから、この話が取り上げられるのは、時間の問題だと、思いますね」

と、西本は、いった。

「わかった」

と、十津川は、いったが、自然に、暗い気持ちに、なっていった。

確かに、西本のいう通り、これで、ますます、片山の立場は、悪くなるだろう。そして、この殺人事件は、無理心中の線が、強くなっていくのかも知れない。

5

翌朝、目を覚ますと、十津川は、まず、窓から見える小浜港の景色に、目をやった。

今日も快晴で、風も、なさそうである。北陸の三月半《なか》ばにしては、昨日は、暖かい一日だったが、今日も、暖かくなりそうだ。

朝食は、バイキング形式だった。その食事を済ませてから、二人は、ホテルを出て、片山刑事が、卒業した、高校に向かった。

海に近いところにある、その高校は、ホテルから歩いて十五、六分の距離だった。

学校の、事務室に行き、警察手帳を、見せてから、片山のことを、職員に、きいてみた。

職員が、八年前の、卒業式の写真を、見せてくれた。その時の卒業生は、全部で、百十六人で、写真の中に、間違いなく、片山刑事が、写っていた。十代の、若い片山明の、写真である。

「この片山明は、どんな、高校生でしたか？」

と、十津川が、きくと、職員は、

「成績は、かなり、よかったですよ。確か、仲間五、六人と、同人雑誌を、出していたはずです」

と、いい、キャビネットを、探して、その同人雑誌の一冊を、十津川と亀井に、見せてくれた。

同人雑誌の名前は『パピルス』と書かれている。その目次を見ると、確かに、片山明の名前が、あった。

「意外ですね。あの片山が、こんな、同人雑誌を、出していたんですね」

と、亀井が、感心したように、いった。

同人雑誌の最後のページには、片山を含めて、五人の同人の、名前が、書かれてあった。それを、見ながら、十津川は、

「この五人の中に、まだ、この小浜に、住んでいる人が、いるでしょうか？」

と、きいてみた。

小浜生まれで、小浜育ちだという、三十代の職員は、

「確か、このうち、二人がまだ、この小浜に、住んでいるはずです」

と、いい、その名前を、教えてくれた。

二人の名前は、木村雄介《きむらゆうすけ》と、佐伯香織《さえきかおり》だった。

五人の同人のうち、片山は、すでに死亡し、残りの二人は、小浜を離れていたり、消息を聞いていないという。

同人雑誌『パピルス』のページをめくっていくと、木村雄介は、短編小説を、載《の》せており、佐伯香織のほうは、短歌を、載せていた。

「この佐伯香織というのは、どういう、女性なんですか？」

と、十津川は、職員に、きいた。

相手は、微笑して、

「高校時代から美少女でしたよ。今も美人ですけどね。それで、ほかの四人の男の、同人は、それぞれ、この佐伯香織という女生徒を、まるで、マドンナのように、見ていたんじゃないですかね」

と、いった。

「マドンナですか？」

佐伯香織が、『パピルス』に載せている三つの短歌は、いずれも、恋の歌である。

「何といっても、この小浜は、山川《やまかわ》登美子《とみこ》の生まれた、土地ですから」

と、事務室の職員は、いった。

「山川登美子？　どこかできいたような名前ですが」

と、十津川は、いった。

「刑事さんは、『明星《みょうじょう》』という雑誌を、知っていますか？」

「確か、与謝野《よさの》鉄幹《てっかん》が、やっていた、短歌の雑誌じゃありませんか？」

と、十津川が、いった。

「そうです。その『明星』で、活躍した、明治時代の歌人ですよ。この小浜の、出身なんですが、美人で、与謝野鉄幹の愛を、例の晶子《あきこ》と、争った女流歌人です」

と、職員は、教えてくれた。

どうやら、彼も、短歌をやるらしく、山川登美子が、歌ったという短歌を、メモに書いて教えてくれた。

〈髪ながき　少女《おとめ》とうまれ　しろ百合の　額《ぬか》は伏せつつ　君こそ思へ〉

と、そのメモには、書いてあった。

「この君というのは、おそらく、与謝野鉄幹だと、思いますね。この歌にあるように、山川登美子は、白百合と、呼ばれていたんです。私の考えるところでは、鉄幹は、晶子よりも、むしろ、山川登美子のほうを、好きになっていたと、思いますが、山川登美子のほうは、親の決めた、いいなずけがあって、与謝野鉄幹と、別れているのです」

と、職員は、いった。

「佐伯香織ですが、彼女は、山川登美子みたいな、美人だということですか？」

と、十津川は、きいた。

「少なくとも、同人のほかの四人は、彼女のことを、そう思って、いたんじゃありませんかね。その『パピルス』ですが、そこに、三首載っているでしょう。その歌が、恋の歌なので、その歌の中の〈君を想いつつ〉という、その君が、誰のことかと、いうことで、ちょっとした、騒ぎになったことも、あるんですよ」

と、職員は、いった。

6

十津川は、事務室の職員に、佐伯香織と木村雄介の住んでいる場所を、きいてから、学校を出た。

佐伯香織が住んでいるのは、駅前の商店街で、その中の文房具店が、佐伯香織の住所だときいた。

駅前の小さな商店街、そこには、アーケードがあって〈鯖街道はここから始まる〉と書かれている。おそらく、その昔、この辺りから、京都に向かって、鯖街道が、走っていたのだろう。

二人は、商店街の中に、佐伯文具店を、見つけて、店に、入ってみた。

　案内を請《こ》うと、店の奥から、二十五、六歳の女性が、出てきた。その女性は、あの写真と、そっくりだった。

「佐伯香織さんですね」

　と、十津川は、確かめるように、いってから、

「私たちは、片山明さんの、友人なんですが、その片山さんが、亡くなりました。そのことで、あなたに、少し、お話を伺《うかが》いたいのですが、構いませんか？」

　と、十津川が、いった。

　相手は、驚きの表情を見せて、

「片山さんが、亡くなったんですか？」

「そうです。亡くなりました」

「じゃあ、新聞に出ていた、片山刑事というのは、あの片山さんのことだったんですか？」

　と、相手が、いった。

「その通りです。あなたが、高校時代のお友だちときいたので、その頃の片山さんについて、いろいろと、おききしたいと思いましてね」

　と、十津川が、いった。

彼女は、奥に向かって、

「ちょっと、外出してきます」

と、いってから、十津川と亀井を、同じ商店街の中にある喫茶店に、案内した。

7

彼女が、〈この店の、ココアが、美味《おい》しい〉というので、十津川は、それを、三つ注文してから、

「片山さんは、いや、片山刑事は、私の部下だったんですよ。そして、死にました」

と、いうと、佐伯香織は、

「新聞には、何か、無理心中だったというように、書いてありましたけど」

と、いった。

「確かに、新聞には、そのように、書いてありますが、私たちは、それを、信じていないんですよ」

と、十津川は、いった。

「私も、信じませんわ」

と、香織が、きっぱりと、いった。

「どうしてですか？」

と、亀井が、きく。

「だって、片山さんは、そんな、人じゃありませんもの」

「それをきいて、少しホッとしました。ああ、それから、片山刑事の部屋に、この写真が、あったんですよ」

と、いって、十津川は、例の写真を、相手の前に置いた。

「これ、私ですね」

と、香織が微笑した。

「いつ頃の、写真でしょうか？」

「たぶん、高校を、卒業して四、五年の、頃だと思いますわ」

と、香織が、いう。

高校を卒業したあと、何回か同窓会があり、東京からも片山が、小浜に戻ってきて、その同窓会に出席した。その後、昔の同人雑誌仲間だけで、会った時に撮《と》った写真だと思うと、香織が、いった。

ココアが、運ばれてくる。それを一口飲んでから、十津川は、

「失礼ですが、結婚されて、いらっしゃるんですか？」

と、相手に、きいた。

香織は、なぜか、苦笑した表情になって、

「何といったら、いいのかしら。確かに、結婚しましたけど、今は、両親のところに戻って、店の手伝いを、しています」

と、いった。

「ということは、つまり――？」

と、亀井が、いう。

「ええ、離婚したんです」

と、香織が、小さく笑った。

「これは、失礼なことを、きいてしまって、すみません」

と、十津川が、いった。

「構いませんよ。今は、かえって、一人になって、ホッとしているんです」

と、香織が、笑った。

「片山刑事が、住んでいたという、三丁町に行ってみたのですが、ご両親は、すでに亡くなっていて、そのご両親がやっていた旅館は、人に任《まか》されていました。それから、彼の妹が、この小浜の病院に、入院しているのですが、そのことは、ご存じですか？」

と、十津川が、きいた。

「ええ、あの自動車事故のことは、よく知っています」

と、香織が、いった。

「片山刑事は、その妹を、見舞うために、時々、この小浜に、戻ってきたらしいんですが、あなたは、その時、片山刑事に、会われましたか？」

と、十津川が、きいた。

「ええ、一度だけ、会いましたよ。ただ、私が結婚をしてからは、彼のほうが遠慮をして、小浜に来ても、私を訪ねてこないように、なっていました」

と、香織が、いった。

「失礼ですが、彼は、あなたが、離婚したことは、知っていたんでしょうか？」

と、十津川が、きいた。

「それは、どうだか、わかりませんが、同人雑誌の仲間が、片山さんに、連絡していたかも、知れませんわ」

と、香織が、いった。

このあと、港にある「フィッシャーマンズワーフ」に出店している木村雄介に、会いに行った。

大きな魚市場で、観光客が集まって、水産物を、買い込んでいた。そこで、木村は、水産物の土産物《みやげ》の店を、出していた。

身体の大きな男で、木村は、同人雑誌仲間だった片山明が死んだことは、知っていた。

「新聞で、ニュースを、見ましてね。おそらく、片山じゃないかと、思ったんです」

と、木村が、いった。

「片山刑事は、時々、この小浜に、帰ってきていたらしいのですが、その時、木村さんは、会っていますか？」

と、十津川は、きいた。

「ええ、よく会っていましたよ。去年も、確か暮れに、ここを、訪ねてきてくれました。一日、小浜に、泊まっていったんじゃ、なかったかなあ」

と、木村が、いった。

「実は、ここに来る前に、佐伯香織さんに、会ってきたんですよ」

と、十津川が、いった。

「そうですか。彼女、美人でしょう？　われわれ同人仲間の、マドンナだったんですよ」

　と、木村が、微笑した。

「その佐伯香織さんの件なんですが、彼女にきくと、一度結婚して、別れたというのです。そのことを、片山は、知っていたでしょうか？」

　と、十津川は、きいてみた。

「それは、知っていましたよ」

　と、木村は、笑った。

「われわれ同人仲間にとっては、マドンナの結婚や離婚は、大ニュースですからね。さっそく、東京にいる片山のヤツに、電話で知らせました」

「そうですか。じゃあ、片山は、知っていたんだ」

「片山は、彼女のことを、どう思っていたんでしょうね？」

　と、亀井刑事が、木村に、きいた。

「それはもちろん、好きだったに、決まっていますよ。何しろ、彼女は、山川登美子の再来ですからね」

　と、木村が、いった。

「例の『明星』の、美しき歌人ですか？」

と、十津川が、いった。

「そうですよ。彼女は、美人だし、そのうえ、短歌の才能も、あった。いや、今でも、あるといったほうが、いいのかな。だから、われわれ同人四人は、みんな、彼女のことが、好きだったし、ほかの同級生の中にも、彼女に、憧《あこが》れていたヤツが、いっぱいいましたよ。片山だって、彼女が好きだったのに、決まっています」

と、木村が、いった。

「彼女のほうは、どうだったんでしょうか、彼に対して」

と、十津川が、きいた。

「それは、わかりませんね。彼女におききになったらどうですか？」

「あなたが、東京の片山に、電話で、佐伯香織さんが、離婚したことを、知らせたのは、正確には、いつ頃なんですか？」

と、亀井が、きいた。

「彼女が、離婚をして、すぐに、知らせましたから、そうですね、確か、去年の八月頃じゃないですか。八月の末です」

と、木村は、いった。

その木村雄介と、別れた後、十津川と亀井は、二人で、港の周《まわ》りを、ゆっくりと歩いた。

相変わらず、港は、静かである。

漁船が、沖から、戻ってくるのが、見えた。

「これで、少し希望が、持てるようになったよ」

と、十津川が、歩きながら、いった。

「佐伯香織のことが、あるからですか？」

と、亀井も、歩きながら、いう。

「そうだよ。明らかに、片山は、彼女が、好きだったんだ。だから、あの写真を、自分の部屋に、飾っておいたんだと思う。彼女が、結婚をしていたので、一時、失望していたのが、去年の八月に、彼女は、離婚をした。そのことは、あの木村雄介という友人が、知らせているから、知っていたはずだ。とすれば、片山は、もう一度、彼女に対して、愛情を持ったんじゃないかな。もし、そうなら、広瀬ゆかりというホステスに、夢中になって、ストーカーを、やるはずはない。当然、彼女を、殺すはずもない。そこに、希望が持てるようになった、ということだよ」

十津川は、歩きながら、亀井に向かって、いった。

第二章　高校時代の故郷

1

十津川と亀井は、改めて、片山刑事の妹、片山みどりの、入院しているN病院を、訪ねた。

今回は、幸い、みどりは起きていて、意外に元気な顔で、二人の刑事を、迎えた。

みどりは、明日、退院すると、いい、

「これからは、自宅から、この病院に通って、リハビリを、受けようと思っています」

と、元気に、いった。

十津川は、改めて、彼女の兄の、片山刑事が死んだことの、悔《く》やみをいうと、みど

りは、意外に明るく、

「それも、すべて寿命だと思います。兄は、刑事になってから、いつ死ぬかわからない、そういっていましたから」

と、大人びた口調で、いった。

「では、明日、ここに迎えに来て、あなたを、家までお送りしますよ。その時に、いろいろと、お話をしたいので」

と、十津川は、いった。


翌日の午前十時に、十津川と亀井は、タクシーで、彼女を、病院まで、迎えにいった。

みどりは、すでに、帰り支度《じたく》をして、ベッドに、腰を下ろしていた。

「何か、持って帰るものは、ありますか？」

と、亀井が、きくと、ベッドのそばに置いた、大きな、リュックサックを指さし、

「その中に、全部、入っています」

と、みどりが、いった。

十津川が、手に取ってみると、かなり重い。

「まるで、身の回り品を、全部、持ってきてしまっているみたいですね」

と、十津川が、冗談めかしていうと、みどりは、真剣な表情で、

「そうなんです。家に置いておくと、物騒ですから」

と、いった。

そのいい方が、ちょっと、奇妙にきこえたので、

「物騒っていうのは、どういうことですか？　泥棒でも、入ると思ったんですか？」

と、十津川が、きいた。

「ええ、きっと、留守に、私の部屋に、泥棒が入ると思ったから、全部、この病院に、持ってきてもらったんです」

と、みどりが、いった。

みどりの借りている、マンションは、海岸の近くにあった。

五階建ての中古マンションで、その三階の１Ｋの部屋が、みどりの部屋だった。

みどりは、先に立って、部屋の前まで行き、カギをあけてから、ドアを開くと、

「アッ、やっぱり」

と、小さく、声をあげた。

十津川たちが、その後ろから、部屋を覗《のぞ》きこむようにして、

「何か、あったんですか?」

「やっぱり、部屋の中に、誰かが、入ったみたいだわ」

と、みどりが、いった。

八畳一間、それに、バス・トイレがついた、可愛らしい、部屋である。そこに、ベッドやタンスやテレビが、置かれている。

その八畳の間に、洋服ダンスから、取り出されたと思われる、洋服や下着、さらには、本などが、散乱していた。

明らかに、誰かが、押し入ったのだ。

みどりが、それを、片付けようとするのを、十津川は、抑《おさ》えて、

「あなたは、そこに、座っていなさい」

と、彼女を椅子に、腰掛けさせてから、亀井と二人で、さっさと、片付けに取りかかった。

狭い部屋だから、二、三十分もすると、あらかた、片付いてしまった。

その後で、みどりが、台所に立って、二人の刑事のために、コーヒーを淹《い》れてくれた。

「これは、いったい、どういうことなんですか?」

と、十津川が、きいた。

「どういうことって、泥棒が入ったんだわ」

と、みどりが、いう。

「あなたは、退院する時、ひょっとすると、泥棒が入っているかも、知れないというようなことを、いっていましたね？　とすると、あなたは、このことを、予期していたんですか？」

と、十津川が、きいた。

「ええ」

と、みどりが、うなずく。

「どうして、予期していたの？」

と、亀井が、きいた。

「何となく、勘《かん》で、そう思っただけです」

と、みどりが、いった。

「それが、よくわからないんだけど、この部屋には、何か、高価なものでも、置いてあったんですか？」

と、十津川が、きいた。

「失礼だけど、この部屋には、そんなに、高そうなものは、ないような気がする。どうして、空き巣が入ったのか、それが不思議なんだけどね」

と、亀井が、いった。

みどりは、別に、怒りもせず、

「犯人が狙《ねら》ったのは、おそらく、あのリュックサックの中」

と、いった。

それは、十津川たちが、一緒になって、病院から、運んできた、リュックサックだった。

「さっきから不思議だったんだけど、あのリュックサックの中には、何が、入っているの？」

と、亀井が、きいた。

みどりは、黙って、リュックサックの口を開け、中から一つずつ品物を、取り出して、それを、テーブルの上に、並べていった。

少し古びた日記帳、スケッチブック、同人雑誌の束《たば》、手紙の束、それから、写真のアルバム、そんなものが、次から次へと出てきた。

「それは、何ですか？」

と、十津川が、きいた。

「兄の書いた日記や、スケッチブック、兄が高校時代にやっていた、同人雑誌、それに、最近の手紙なんかです」

と、みどりが、いった。

「どうして、それを、今、あなたが、持っているんですか？」

と、十津川が、きいた。

「最近、兄が、どんどん送ってくるように、なっていたんですよ。〈これをしまっておいてくれ〉と、いって。兄が、何のつもりで、送ってきたのかは、わかりませんけど、とにかく、大事なものなのだろうと思って、全部、リュックサックに詰めて、入院する時も、大事に、それを、持っていったんです。だから、今日、退院して家に帰ってきた時、部屋の中が荒らされたと知って、ああ、きっと、兄のものを、盗みに入ったんだろうと、そう思ったんです」

と、みどりは、いった。

「どうして、片山刑事は、自分のものを、どんどん、あなたのところに、送ってきたんだろう？」

と、十津川が、きいた。

「わかりません。でも、電話をかけてきくと、〈とにかく、お前が預かっておいてくれ。大事なものだから〉と、それしかいわないんです」

と、みどりが、いった。

「最近ですか？　送ってくるようになったのは」

「そうなんです。最近、兄の様子が、少し変でした。だから、兄が死んだと、きかされた時も、それほど、びっくりはしませんでした。なぜって、今いったように、最近の兄の行動は、少し、異常でしたもの」

と、みどりは、いった。

「最近、あなたは、お兄さんに電話をして、いろいろと、きいたんですね？」

と、十津川が、確認するように、きく。

「ええ、急に、いろいろなものを、送ってきたので、びっくりして、電話をしたんです。そうしたら、今いったように、〈とにかく、大事なものだから、しっかりと、しまっておいてくれ〉としかいわないんです」

「ほかには、何も、片山刑事は、いわなかったんですね？」

と、亀井が、きいた。

「一つだけ、いっていたことが、あります。二週間ぐらい前だったんですが、兄が、こういったんです。〈東京の生活に疲れたから、しばらく休暇を取って、故郷の小浜に、帰りたい。ひょっとすると、刑事を辞《や》めて、小浜に住むかも知れない。とにかく、小浜に、帰りたい〉、そんなことを、兄は、いったんです」

と、みどりが、いった。

「おかしいな。彼は、私たちには、何も、いわなかったんですよ。だから、そんなに、東京の生活に疲れていて、郷里の小浜に帰りたがっていたとは、知りませんでしたね」

と、十津川が、いった。

「ええ、私だって、兄らしくないなと、思いました。私の知っている兄は、気が強くて、負けず嫌いで、ここ何年か、〈刑事の生活に、慣れてきたから、もう大丈夫だ。郷里に、帰りたいなんて、いわないよ〉、そういってきたんです」

と、みどりは、いった。

「私の知っている片山刑事も、あなたがいうように、負けず嫌いで、自分から、弱音を吐くような、人間では、なかった。それに、郷里の小浜に、帰りたいなんて、一度もきいていなかった。だから、今のあなたの話には、本当に、びっくりしましたよ。どうして、そんなに、弱気になっていたんだろう？」

と、十津川は、いった。

「私にも、わかりません。ただ、最後に電話した時の、兄の様子は、ひどく弱々しく、きこえたんです。電話だけでしたから、表情は、わかりませんけど、〈とにかく、疲れたから、郷里の小浜に帰りたい〉、そう繰り返していましたから」

と、みどりは、いった。

「片山刑事は、いつ頃から、小浜に帰ると、いっていたんですか?」

と、亀井が、きいた。

「兄が、自分のいろいろなものを、送ってくるようになったのは、今年の二月に入ってからで、その時は、〈とにかく、大事なものだから、きちんとしまっておいてくれ〉、そういったんです。それが、二月の末頃になると、急に〈東京の生活に、疲れたから、郷里の小浜に、帰りたい〉、と電話でいうように、なったんです。最後に、私が電話したのは、三月の一日でした。その時、今もいったように、〈東京を捨てて、郷里の小浜に住みたい〉、そんなことを、兄は、いっていたんです。何か、本当に、疲れているような、感じでした」

と、みどりは、いった。

「三月一日というと、今から十四日前と、いうことになりますね。その時、間違いなく、東京に疲れたと、いっていたんですか？」

と、十津川が、きいた。

「そうなんです。だから、心配しました。何か、あるんじゃないか、そう思っていたので、兄が、殺されたときいた時、ああ、やっぱりと、そんな気がしたんです」

「しかし、どうも、腑《ふ》に落ちませんね」

と、十津川は、首をかしげた。

「どうしてですか？」

と、みどりが、きく。

「正直にいいますが、片山刑事が、そんなに、疲れているようには、見えませんでしたよ。悩んでいるようにもです。片山刑事が、もし、あなたがいうように、本当に、悩んでいて、疲れていて、東京を捨てて、郷里の小浜に帰りたいと、思っていたならば、そのことを、あからさまにではないでしょうが、少しは、われわれに、打ち明けていたと思うのです。特に、田中刑事とは、いつもコンビを組んで、捜査をしていたのですが、その田中刑事も、片山刑事が、疲れていて、もう東京に、住みたくないとか、郷里に帰りたいとか、いっているのを、きいたことがないんですよ」

と、十津川が、いった。

「でも、兄は、そういっていたんです。電話をした妹の私が、いっているんだから、ウソじゃありません。三月一日に、電話をした時は、〈本当に、もう疲れた。だから、郷里の小浜に帰って、のんびりと、生活したい〉、そういっていたんです」

「最近、片山刑事は、この小浜に、帰っていたのかな？」

と、亀井が、きいた。

「今年に入ってから、三回は、小浜に帰ってきていました」

と、みどりが、いった。

それも、十津川には、初めて、きくことだった。片山刑事は、あまり、郷里の小浜に帰っていないと思っていたのだ。

同僚の田中刑事も、そう考え、十津川に、こんなことを、いったことがあった。

「片山のヤツ、意地っ張りで、私が、〈たまには、故郷に帰れ〉と、いっても、一度も、いうことをきかないんですよ。何か、帰れない理由でも、あるんですかね？」

と、そんなふうに、田中刑事が、いっていたのである。

それが、今年になってから、少なくとも三回は郷里に帰っていたという。なぜ、それを、片山刑事は、同僚の田中刑事に隠し、また、上司の十津川にも、隠していたのだろうか？

「今、あなたは、お兄さんが、今年に入ってから少なくとも三回、郷里の小浜に、帰ってきたと、いいましたね？　その三回とも、あなたは、お兄さんに会ったんですか？」

と、十津川は、きいた。

「ええ、会いましたけど、ずっと一緒に、いたわけじゃありません」

と、みどりが、いう。

「その三回ですが、この小浜に、泊まっていったことが、あるんですか？」

と、十津川が、さらに、きいた。

「一回だけ、このマンションの、私の部屋に、泊まっていったことが、ありますけど、あとの二回は、その日のうちに、帰ったような気がします。でも、この小浜で、誰に会ったのか、いいませんでしたから、日帰りと思っていても、どこかに、泊まっていたのかも、知れません。それに、私にはいわずに、小浜に帰っていたことが、あるかもわからない」

と、みどりが、いった。

「その時、片山刑事が、誰に会ったか、わかりませんか？」

と、十津川が、きいた。

「兄は、何も、いいませんでしたけど、たぶん、高校時代の、同人雑誌の仲間に、会ったと思います。高校時代の同人雑誌の仲間は、全部で五人いるそうですけど、そのうちの二人が、この小浜に、残っているんです。ですから、兄は、その人たちに、会っていたんだと思います」

と、みどりは、いった。

「その二人というのは、木村雄介さんと佐伯香織さんじゃないんですか？　その二人なら、昨日、亀井刑事と一緒に、会ってきましたけど」

と、十津川が、いった。

「じゃあ、その二人に、会っているんですね」

と、みどりが、うなずいた。

「同人雑誌『パピルス』の仲間二人が、まだ、この小浜の街に、残っていて、片山刑事は、小浜に、帰郷するたびに、その二人に会っていた。それで、間違いありませんね？」

と、十津川が、念を押した。

「私は、そうだと、思っているんだけど、本当のところは、わかりません。兄は、気ままですから、小浜に帰ってきて、ほかの人たちに会っていたのかも、知れませんけど、私が今、思いつくのは、あの二人だけなんです」

と、みどりが、いった。

「片山刑事が、同人雑誌の仲間に、会ったとしてですが、あなたに、後で、感想をいいましたか？　その二人に会った、感想なんですが」

と、十津川が、きいた。

「それが、いくらきいても、一言も、話してくれないんですよ」

と、みどりが、いった。

「どうして、でしょうか？」

「わかりません。懐かしいなと思って、会ってみたら、期待外《はず》れだったのかも知れません。何しろ、高校時代の仲間なんですから」

と、みどりが、いった。

「しかし、二月の末頃から、片山刑事は、あなたに、向かって、〈東京の生活には、疲れた。だから、郷里の小浜に、帰りたい〉、そういっていたんでしょう？　それなら、同人雑誌の仲間二人に、会って、がっかりしたとは、考えられないんじゃないですか？」

と、十津川が、きいた。

「確かに、そうなんですけどね。ただ、兄は、小浜に、帰りたいといってたけど、本当に、帰りたがっていたのかわかりません。二月に入ってからの兄の様子は、少しおかしかったから」

と、みどりは、いった。

「どんなふうに、おかしかったんです？」

「今いったように、今年に入ってから、少なくとも三回、兄は、帰って来ています。その時に直接話したり、電話で話して、いつのまにか〈もう、東京の生活に、疲れたから、郷里の小浜に帰って、ゆっくりと、過ごしたい〉、そんなふうにいうようになっていたんですけど、そのくせ、小浜に帰ってきた時に、いくらきいても、誰に会ったのか、そして、どんな話をしたのか、ぜんぜん、いってくれないんです。時には、私が、小浜の感想をきくと、何もいわず、押し黙ってしまったりするんです。それが、不思議で、しょうがありませんでした」

と、みどりは、いった。

「今年に入って、少なくとも三回帰ったと、あなたは、いいましたが、あなたに黙って、小浜に帰ったことは、何回くらい、あったんでしょうか？」

と、亀井が、きいた。

「それは、私には、わかりません」

「去年は、どうだったんですか？　去年も、時々帰ってきて、いたんでしょう？」

と、十津川が、きいた。

「ええ、何回か、帰ってきていました。でも、去年の時と、今年では、ずいぶん、違うんです。去年は、高校時代の日記や、手紙や、スケッチブックなんかを、送ってきたりは、しませんでした。今年になると、こうやって、大事なものを、私のところに、送ってきて、〈大切に、保管しておいてくれ〉と、いったんです。それに、去年までは、東京の生活に、疲れたとか、小浜に、帰ってきたいなんて、一言も、いいませんでした。いかにも、負けず嫌いな兄らしく、東京での刑事生活は、楽しくて、しょうがないみたいなことを、いって、いたんです」

と、みどりは、いった。

「昨日、佐伯香織さんに、会ってきたんですが、なかなかの美人で、高校時代、同人雑誌に入っていて、その同人だった、片山刑事たちは、彼女のことを、山川登美子のようだと、いっていたそうですね。そのことは、ご存じでしたか？」

と、十津川が、きいた。

みどりは、微笑して、

「ええ、兄から、何度も、きいていますわ。兄も、彼女のことが、好きだったと、思います。ほかの仲間も、みんな、佐伯香織さんのことが、好きだったんじゃないかしら？　女の私から見ても、美人で魅力があるし、その上、歌人なんだから、兄たちが、憧れていたとしても、おかしくはないと思います」

　と、いった。

「あなた自身は、佐伯香織さんに、会ったことがあるんですか？」

　と、亀井が、きいた。

「何度か、会っています。兄に、紹介されたこともあるし、私が入院した時も、お見舞いに、来てくださったんです」

　と、みどりは、いった。

「佐伯香織さんは、一度結婚して、去年の八月に、離婚していますね。そのことを、お兄さんは、知っていたと思うんですが、あなたは、どう、思いますか？」

　と、十津川が、きいた。

「確かに、兄は、知っていました。私からも、知らせましたから。兄が、喜ぶだろうと思って」

　と、みどりが、いった。

「それで、お兄さんは、喜びましたか?」

と、亀井が、きいた。

「兄が、小浜に、帰ってきた時にいったんですけど、兄は、黙っていました。でも、私には、嬉《うれ》しそうに、見えましたわ」

と、みどりは、いった。

みどりが淹れてくれた、コーヒーを、飲み終わると、十津川は、

「リュックサックに入っていた、片山刑事の日記や、スケッチブックや手紙などを、これから、ホテルに持ち帰って、調べてみたいのですが、構いませんか?」

と、みどりに、きいた。

「ええ、どうぞ。ご覧になってください。私は、何度も見ていますから」

と、みどりは、いった。

2

二人は、海の見えるホテルに戻ると、少し早めの、夕食を取った。

一階のレストランで、海鮮料理を取りながら、十津川は、手元に置いた、リュック

サックに目をやって、

「どうも、よくわからないな。カメさんは、どうだ？」

と、きいた。

「私も、不思議で、しょうがないんですよ。私の知っている片山は、仕事熱心で、刑事の仕事に、熱意を、持っていました。東京の生活に、疲れたとか、仕事にあきて、郷里の小浜に帰って、生活したいとか、そんな気持ちでいたとは、まったく、思っていませんでした。あの妹の話は、本当なんでしょうかね？」

と、いった。

「しかしね、このリュックサックに、入っているのは、間違いなく、全部、片山の、高校時代の日記や、スケッチブックや、写真や、手紙の類《たぐい》なんだ。その点は、あの妹さんは、正直に話をしていると、思っていい」

と、十津川は、いった。

二人は、そのまま、黙って食事を進めた。

二人とも、頭の中で、考えが、うまくまとまらなかったのだ。

しばらくして、十津川は、手を止めて、

「そういえば、あの妹さん自身も、何か混乱しているようなことを、いっていたな。

片山が、東京に疲れて、郷里の小浜に、帰ってきたいという一方で、小浜に帰って、誰に会ったのかいわないし、どんな話を、したのかもいわないのが、不思議だったと、いっていたじゃないか」

と、いった。

「そうですね。もし、あの妹の話が、本当だとすると、片山は、郷里の小浜に帰りたいが、その小浜に、馴染《なじ》めなかった、そんなふうにも、思えてきますね」

と、亀井が、いった。

十津川は、食事を済ませると、自分のテーブルが、禁煙席でないのを、確かめてから、タバコに、火をつけた。

「それと、もう一つ、妹さんは、こんなことも、いっていたじゃないか。片山が、東京で殺されたと、きいても、さほど不思議だとは、思わなかったとね」

「そうですね。どうして、そう思わなかったのか、そこが、よくわからず、すっきりしませんね」

と、亀井が、いった。

「まず、第一に、なぜか知らないが、片山は、自分の大事な、身の回りの品というか、大事な、思い出の日記や、手紙や、写真や、スケッチブックを、急に、今年になってから、小浜にいる妹に送りつけているんだ。そして、〈大事に、取っておいてくれ〉と、いっている。片山は、なぜ、そんなことを、したんだろうか？　それまで、高校時代の日記なんかは、八年あまり自分の手元に、置いておいたんだろう。それを急に、今年になってから、小浜の妹に送りつけた。それが、なぜなのか？」

と、十津川が、いった。

「普通に考えれば、東京の自分のマンションに置いておいたのでは、誰かに、盗まれてしまう。そう思って、郷里の小浜の、妹に送って、保管を頼んだ。普通には、そう、考えられますが」

と、亀井が、いった。

「確かに、普通に考えれば、そうなるね。手元に、置いておいたのでは、盗まれる、心配があったので、小浜の妹のところに、送った。そう考えるのが、妥当《だとう》だろうが、果たして、それだけだろうかね？」

と、十津川が、いった。

「ほかに、どんなことが、考えられますか？」

と、亀井が、きく。

「妹さんは、こういっていた。〈兄が、いろいろなものを、送ってくるので、電話で、話をきいた。すると、兄は、理由をいわず、とにかく、大切に、保管しておいてくれといった〉、そういっているんだ。しかし、片山は本当に、何も、説明しなかったんだろうか？」

「警部は、大事なものを、送りつける理由を、片山は、妹に、話したと、思っておられるんですか？」

と、亀井が、きいた。

「それは、どちらとも、いえない。しかし、私は、理由らしいものを、少しは、打ち明けたんじゃないかと、思っているんだ。だからこそ、あの妹は、東京で、片山が殺された時、ああ、やっぱりと、思ったんじゃないのか？　つまり、あの妹には、何か、兄の死を予感させるものが、あったんだと、思うよ。そして、それは、このリュックサックの中に、入っている、いろいろな品物が、理由に、なっているんじゃないだろうか」

と、十津川は、いった。

十津川は、まず、リュックサックの中から、二冊の、スケッチブックを、取り出した。

一冊は、彼が、高校時代、この小浜で描いたスケッチで、もう一冊は、片山刑事が、郷里の小浜に帰ったとき描いたものだった。

まず、高校時代に描いた、スケッチブックのページを、めくってみた。

日付から見て、大部分は、彼が、高校三年の時に、描いたスケッチだった。小浜の海の景色や、祭りの景色が続いた後、急に、一人の女性の顔を、続けて描いている。

その美少女の顔は、間違いなく、あの、佐伯香織の顔だった。

現在の、佐伯香織は、美人だから、高校時代は、美少女だったに、違いない。

何枚か、続けて描かれたスケッチは、明らかに、描き手の、片山の、心情を表わしているようだった。佐伯香織の、横顔を描き、真正面の顔を描き、そして、彼女に、憧れて、描いている。

「これを見ると、高校時代、片山は、あの、佐伯香織に、惚《ほ》れていたんだ。いや、憧れていたと、いうべきかな。この彼女の顔は、明らかに、一つの憧れを、表わしているよ」

と、十津川が、いった。

亀井も、スケッチブックを覗《のぞ》き込んで、

「そうですね。まるで、彼女を、マドンナみたいに、描いていますね」

と、感心したように、いった。

さらに、亀井は、つけ加えて、

「びっくりしますね。片山は、こんなに、絵が、うまかったんでしょうか？」

「確かに、片山には、絵の才能があったんだ」

と、十津川は、いい、もう一冊のスケッチブックに、手をやった。

それは、去年から今年にかけて描かれたスケッチブックで、同じように、まず、小浜の景色が、何枚か、描かれていた。

筆使いは、明らかに、こちらのほうが、優《すぐ》れていた。上手《うま》くなっている。

景色が、何枚か続いた後、また、今度も、同じように、佐伯香織の絵になった。

成熟した、大人の、美しい顔である。

合計八枚の、佐伯香織の絵には、それぞれに、日付が書き込まれていて、その日付から見て、八枚の絵は、去年から、今年にかけて、描かれたものであることが、わかる。

いちばん新しい日付は、今年の、二月の十五日に、なっていた。

そのスケッチブックに、亀井が、目を通している間に、十津川は、今度は、片山刑事が、高校三年の時に書いた、古い日記を、取り出した。

そこには、今と変わらぬ、几帳面《きちょうめん》な字が、並んでいた。高校三年生らしく、将来の希望や、不安、学校のこと、それに、対人関係などが、書き込まれている。

日記のページをくりながら、十津川は、ざっと、目を通していったが、八月の五日のところで、目を留めた。

そこには、夏休みに入ってからの、一日の出来事が、書いてあるのだが、そのページは、佐伯香織への、自分の気持ちで、埋まっていた。

※

八月五日。

今日やっと、彼女の肖像画を、描かせてもらうことが、できた。

朝から彼女の家に行き、彼女に、ソファーに座ってもらい、私は、一日中、彼女の絵を、描いた。

最初は、手が、震えて、仕方がなかった。それを見て、彼女は、微笑した。

その微笑に、どんな気持ちが、含まれているのか、私は、あれこれ、考えてしまい、なかなか、うまく、筆が走らなかった。

昼には、彼女の家で、昼食をごちそうになった。

その後も、彼女の肖像画を、描かせてもらい、夕方までには、何とか、一枚のデッサンができあがった。

これから、家に持ち帰って、完成させなければならない。

※

八月六日。

今日一日、彼女の、肖像画の、完成に費《つい》やした。

私の、頭の中の彼女は、いつも、微笑している。そして、今、私が描いている、絵の中の彼女も、微笑している。

しかし、その微笑は、私にとって、まるでモナリザの微笑のように、謎に、満ちていた。

彼女は、私のことを、どう、思っているのだろうか？

それが、わからないから、余計に、知りたい。ただ、悪感情を、持っていないことは、わかっている
月に一回ある会合では、彼女は、笑顔で、私や私の仲間と、話しているからだ。

そして、彼女は、毎月毎号、『パピルス』に、短歌を寄せてくれている。

先月号の『パピルス』には、彼女は、彼女自身が、憧れている、この小浜出身の、歌人である山川登美子の、有名な短歌を、紹介していた。

〈髪ながき　少女《おとめ》とうまれ　しろ百合の　額《ぬか》は伏せつつ　君こそ思へ〉

香織は、この山川登美子の歌を、解説して、こう、書いている。

※

この歌を、書いた当時の、山川登美子は、与謝野鉄幹の主宰した『明星』に入っていて、この歌を読むと、明らかに、山川登美子は、与謝野鉄幹に、憧れ、恋を、している。

しかし、その頃、与謝野鉄幹を慕《した》う、もう一人の女性が、いた。それは、有名な、与謝野晶子で、いわば、山川登美子と晶子は、ライバル同士にあった。

二人の写真を見ると、師の与謝野鉄幹は、晶子よりも、登美子のほうを、愛していたと私は思うし、歌人の間では、それが定説になっているらしい。

しかし、登美子には、親の決めた、いいなずけがいて、鉄幹を、あきらめざるを、得なかった。

その時の登美子の心情を思うと、私は、この歌を、悲痛な思いで、読まざるを、得ない。

この歌で、山川登美子は、師の与謝野鉄幹を慕う心情を、吐露しながら、同時にその時、自分は、その愛を、断《た》ち切らなくてはならないという、苦しい気持ちも、持っていたはずである。

その苦しい気持ちが、

〈額は伏せつつ　君こそ思へ〉

という言葉に、表わされていると思う。

私自身、いつか、山川登美子のような心情に、迷うようなことが、あるに違いない。

私は、別に、予感を、感じているわけではないのだが、そんな気がして、仕方がないのだ。

そのくせ、私は、山川登美子と同じように、恋に悩むことに、憧れを、抱いている。

※

香織は、同人雑誌『パピルス』に、そう書いていた。

歌の先輩の、山川登美子と同じように、恋に悩むというのは、どういうことだろう？

二人の男性の間で、恋に悩むということなのだろうか？　それとも、一人の男を、他の女と取り合うのか？

そんな自分を予感して、また、それに憧れているということなのだろうか？

ひょっとすると、彼女は、もう、二人の男から、愛を告白されて、悩んでいるのではないか？

※

八月七日。

今日、私が贈った絵に対して、香織から礼状が、きた。

当たり障《さわ》りのない、私の絵を描いてくれてありがとう、とだけ書かれた、味も素《そ》っ気《け》もないような、手紙だった。

そのことに、私は、失望したが、しかし、その後に、短歌が一つ、つけ加えられていた。

〈わが顔を　描きたしと　いう君の　指の動きに　わが心ゆれ〉

その歌に、私は、迷ってしまった。

この歌を、どう解釈すれば、いいのだろうか？　ひょっとして、この歌の中には、彼女の、私に対する、気持ちが、歌われているのではないだろうか？

そんな甘い感慨にふけって、私は、一日中悩んでしまった。

私は、香織のように、短歌を、勉強したわけでは、ない。私が、同人雑誌の『パピルス』に書いているのは、つまらない、小説である。

だから、私には、香織の詠《よ》む、短歌の本当の意味が、よくわからない。

しかし、この歌は、私が贈った、彼女の肖像画に対するお礼の意味で、彼女が、私に対して、詠んでくれた歌なのだ。

とすると、この短歌の中に、私に対する気持ちが、詠み込まれているのではないだろうか？

あれこれ考え続けて、一日中、この短歌と、にらめっこを、してしまった。

八月五日に、彼女の家に行き、二階で、彼女の絵を、描いた。

窓を開けていたので、風が入ってきて、彼女の髪の毛が、乱れた。

後《おく》れ毛というのだろうか、何本かの髪の毛が、彼女の額《ひたい》に、まつわりつき、それが、妙に色っぽかった。

いや、色っぽいと、感じた、自分が恥ずかしくて、その時、私は、押し黙ってしまっていた。

しかし、この歌を見ると、あの時、彼女もまた、何か、感情の動きが、あったらしい。

あの時、彼女の色っぽさに、私がはっとしたように、彼女もまた、描き手の私に対して、何らかの、感情の動きが、あったのではないだろうか？

私は、自惚《うぬぼ》れ、また逆に、自虐的な気持ちになり、一日中悩んでしまった。

3

その後、佐伯香織の、肖像画についての記述は、なくなっている。

たぶん、そのことを、考えまいとして、日記には、書かなかったのだろう。

そして、九月に入り、九月十六日に、一つの事件があったことを、片山は、翌十七日の日記に書いていた。

4

三浦信行《みうらのぶゆき》が、自殺を図《はか》った。

それを、どう考えていいのか、わからない。

三浦は、明らかに、『パピルス』の同人のマドンナの佐伯香織に、恋をしていた。それは、誰の目にも、明らかな感じだった。

私を含めて、ほかの同人三人は、彼女に対する感情を、努めて、隠そうとしていた。

それなのに、三浦は、一人だけ、彼女に対する感情を、あからさまに表わし、友だちにも、話していた。彼の作品にもである。「私」がKという少女のことを思い悩む短編を、いくつか書いていた。そのKが、佐伯香織だということは、同人なら、すぐわかる。

そうした三浦の態度が、私には、うらやましくて、仕方がなかったし、そうした三浦の、明らかな、感情表現が、ひょっとして、佐伯香織の心を、射止めてしまうのではないか、そんな恐れが、私には、あった。

その三浦が、突然、自殺を、図ったのだ。

私たち同人は、三浦が、救急車で運ばれた、N病院に駆けつけた。

その中に、佐伯香織は、いなかった。おそらく、彼女も、ひょっとして、自分が原因でと思って、見舞いに行くことをためらったのだろう。

私たちが行った時、三浦は、睡眠薬を打たれて、眠っていた。

私たちは、一時間近く待ったのだが、彼が、起きる気配がないので、帰ることにした。

※

九月十八日。

妙なウワサを、私は、耳にした。

三浦が、自殺を図った原因は、まず第一に、佐伯香織にあり、そして、どういうわけか、二つ目の原因は、私だというのだ。

マドンナの佐伯香織が、自分ではなくて、私、片山に、気があるのを知って、三浦は、失望し、自殺を、図ったというのである。

それを、もっと詳《くわ》しく、話してくれた、男がいた。

彼の話によると、三浦が、ある日、香織の家に遊びに行くと、彼女の部屋に、彼女の大きな、肖像画が、飾られていたのだという。

そして、その肖像画を描いたのが、私、片山だときいて、三浦は、嫉妬に、かられたというのである。

そして、彼女の気持ちが、私に傾いていると、思い込んで、自殺を、図ってしまったらしい。もちろん、これは、根も葉もないウワサだ。

幸い、三浦は、助かって、明日、退院する。

5

その後、自殺を図った三浦信行についての記述は、まったく、なくなっている。同時に、佐伯香織の記述も、ない。

だから、三浦は、その後、どうしたのか、この日記を、読む限りでは、わからなくなっている。

そして、その年の十二月に入って、また、三浦信行についての記述が、見つかった。

6

十二月二十五日。

三浦が、二度目の自殺を、図った。

今度も、救急車で、N病院に運ばれたのだ。

今度の自殺の原因が、佐伯香織にあるのか、私にあるのか、私には、わからなかった。考えたくない。

今回も幸い、三浦は、助かるらしい。

※

十二月二十八日。

今日、三浦は、退院し、同時に、郷里のこの小浜から、姿を消した。

私たち同人には、何もいわず、東京の親戚の家に、行ってしまったのだ。

三浦の両親は、

「あの子は、『もう二度と、小浜には、帰ってこない』と、いっていました。学校も、東京の高校に、移るといっていました」

と、私に向かって、いった。

両親の目は、まるで、私が原因みたいな、そんな、目をしていた。

※

十二月三十一日。

今年も、まもなく、終わる。

現在、午後十一時。あと一時間で、新年を迎える。

今ごろ、三浦は、東京で、どうしているのだろうか？　相変わらず、東京に出ても、マドンナの佐伯香織のことを、想《おも》っているのだろうか？　そして、まだ、私に対して、怒っているのだろうか？

そんなことを、考えてしまうと、ほかのことが、考えられなくなる。

受験勉強を、しなくてはならないのだが、どうしても、手につかないのだ。

私は、三浦が、可哀そうだとは、まったく、思わない。

三浦は、勝手に、焼きもちを焼き、それも、理由もない、焼きもちだ。そして、勝手に、自殺未遂を繰り返し、あげく、私たち同人に黙って、東京に去ってしまった。

私自身は、その後、佐伯香織と特別に仲良くなったわけではない。相変わらず、友人のままである。

肖像画を贈った時には、私は、一時的に、彼女に、好かれたと思い込み、心楽しんでいたのだが、その後、いっこうに、彼女との間が進展しないから、たぶん、彼女は、私に対して、ただの、友だち以上の感情を持っていないのだろう。

それを考えると、やたらに、寂しい。

寂しいままに、今年も、終わってしまうのか？

7

ここで、高校三年の、一年間の日記は、終わっていた。

この後、三カ月後に、片山は、高校を卒業し、大学に行っているのだが、その間の日記は、見つからなかった。

スケッチブックと、高校三年の時の日記を、読んだ限りでは、片山が、誰に殺されたのか、その殺人の動機が何なのか、まったく、わからない。

スケッチブックと、日記の中に、今回の事件のカギが、隠されているのかどうかも、わからなかった。

（たぶん、この日記も、スケッチブックも、今回の事件とは、関係ないだろう。何しろ、八年も前のものだ）

十津川は、そう考え、それを、リュックサックの中に、しまってしまった。

第三章　新聞記事

1

リュックサックの中には、片山の高校三年時代の、日記のほかに、手紙の類《たぐい》などが、入っていた。

その中には、片山と、妹のみどりとの間に、交わされた手紙があり、また、『パピルス』の同人四人からの、手紙も入っていた。佐伯香織からの手紙、木村雄介からの手紙、三浦信行からの手紙、そして、黒田大輔《くろだだいすけ》からの手紙で、ある。

そのほかで、十津川が、注目したのは、小さなスクラップブックだった。

スクラップブックには、新聞の切り抜きが、貼られていたのだが、その新聞は、中央の新聞ではなく、片山の郷里、小浜で発行されている地元のものだった。

小浜新報の社会面の切り抜きで、去年の三月三日から、三月の終わりまで、二十九日間にわたるものだった。

十津川は、このスクラップブックについて、片山みどりに、電話できいてみた。

「それは、兄に頼まれて、三月三日から、三月末までの『小浜新報』を、毎日、兄に送っていたんです。毎日送って欲しいと、いわれましたから」

と、みどりが、いった。

「どうして、片山君は、この新聞を、送ってくれと、いったのでしょうか？」

と、十津川は、きいた。

「去年の三月二日に、小浜で、事件が、あったんです。兄は、その事件に、関心があって、私に、〈その事件のことを、知らせる地元の新聞を、送ってくれ〉と、いいました。それで毎日、三月の末まで、送ったんです」

と、みどりが、いう。

「それが、どんな事件だったのか、それに、どうして、片山君が、関心を持っていたのか、それを、話してもらえませんか？」

と、十津川が、いうと、みどりは、しばらく黙っていたが、

「私がいうと、どうしても、私の意見が入ってしまいますから、十津川さんが、その

スクラップブックを、ご自分で、読んでみていただけませんか？」

と、いった。

若いにもかかわらず、慎重ないい方に、十津川は、感心した。

十津川は、みどりに向かって、

「もう一つ、おききしますが、佐伯香織さんが離婚をしたのは、確か、去年の、八月でしたね？」

と、きいた。

「そうです。八月の末でした。兄には、知らせました」

「すると、去年の三月の、事件というのは、香織さんが、離婚をした年に起きた、事件ですね？」

と、十津川が、念を押すようにきくと、みどりは、うなずくように、

「そうです。そのことも、そのスクラップを見ていただければ、全部わかると、思いますけど」

と、いった。

十津川は、スクラップブックに、目を通した。

最初は、三月三日の、『小浜新報』の切り抜きである。そこには、

「お水送りの神事の陰で、殺人事件」

と、書かれていた。

記事の内容は、こうである。

「昨日三月二日、今年も、寒さの中で、例年通り、お水送りの神事が、行なわれた。

二日の夕刻、神宮寺《じんぐうじ》を出発した、松明《たいまつ》行列は、鵜《う》の瀬《せ》に着き、大護摩《おおごま》が焚《た》かれ、炎が漆黒《しっこく》の闇をこがし、お水送りの神事が始まった。

十日後には、奈良東大寺《ならとうだいじ》の二月堂《にがつどう》で、若狭から送られた、お水取りが行なわれる。春を呼ぶ行事である。純白の行衣《ぎょうえ》に、息の不浄を怖れて、白の覆面をした神宮寺の導師《どうし》が、法螺《ほら》の音を響かせながら、ほかの、修行者を伴って鵜の瀬の対岸に着き、そこから祭壇に供《そな》えられた、お香水が、鵜の瀬に流された。千二百年にわたって続けられた神事である。

まだ、行列の周辺には、雪が残っていて、厳しい、寒さだったが、そのため、いっそう、今年の神事は、例年以上に、厳《おごそ》かに見えた。

無事、お水送りの神事は、済んだのだが、夜が明けて、人々が、家路についた後、一つの死体が見つかって、大騒ぎになった。

このお水送りの、神事が始まって以来、初めて起きた不祥事に、小浜の市民たちは、当惑している。

死んでいたのは、水谷《みずたに》精一郎《せいいちろう》さん（56）で、小浜市の市議会議員を、二期連続して務めている人で、お水送りの神事の、幹事の一人でもある。

警察が調べたところ、水谷さんは、胸を圧迫されて死んでおり、おそらく、昨夜の行列に参加していて、暗闇の中で転び、人々の下敷きになったのではないかと、見る人もいたが、警察は、殺人の可能性もあると見て、捜査を、始めている」


記事はそれだけで、他には、このお水送りの神事について、短い解説が載《の》っていた。

その解説によれば、千二百年続くという若狭のお水送りは、次のように書かれていた。

「奈良東大寺の、春を呼ぶ〝お水取り〟の行事は二月堂で、行なわれる。

このお水取りは、三月十三日に、二月堂の下にある井戸から、霊水が汲《く》み上げられるのだが、その井戸は、〝若狭井《わかさい》〟と呼ばれている。

なぜ、若狭井と呼ばれているかというと、それは、この井戸の水が、若狭小浜の遠敷川《おにゅうがわ》の鵜の瀬から、送られてくるからだと、いわれている。

日本海から、山を越えて、百キロ以上、一年に一度、若狭の霊水が、千二百年にわたって、奈良の東大寺に送られているのである」

それが、「お水送り」の神事だと、書かれていた。

この鵜の瀬の近くにある、白石《しらいし》神社は、「神の森」の椿の群生林のあることで知られているが、そこには、俳人、山口誓子《やまぐちせいし》の句碑が立っている。

その碑には、

「瀬《せ》に沁《し》みて　奈良まで届く　蟬《せみ》の声」

の句が、書かれている。

つまり、山口誓子も、奈良の二月堂に、若狭小浜市の、鵜の瀬から、神の水が、届けられているのを知っていて、この句を詠《よ》んだに、違いなかった。

さらに、二日後の三月五日の新聞の切り抜きには、その後の、事件のことが、書かれていた。

「警察は、殺人事件と断定し、関係者の事情聴取を、始めた」

と、書かれ、それについて、詳しい記事が載っていた。

「司法解剖の結果、水谷精一郎さんは、肋骨が、二本折られており、胸部を、強く圧迫されたことによる、窒息死と判明した。

さらに、鈍器で、胸部を二度三度と、殴られた形跡《けいせき》があり、それによって、警察は、水谷精一郎さんの死は、祭りの時の偶然の事故ではなく、殺人と断定したのである」

とあり、警察は、関係者から、事情を聞いているとも、書かれていた。

その中には、水谷精一郎さんの甥《おい》のK氏（25）や、秘書のA氏（35）も含まれているとあった。

さらに、二日経《た》った、三月七日の新聞には、この事件のことが、一人の記者の目から、詳細に、報道されていた。

それも、その新聞記者と事情通との、一問一答の形で、報道されている。

質問「亡くなった水谷精一郎さんには、生前、いろいろと、敵が多かったようですね？」

答え「水谷さん自身、生前、よくこんなことを、いっていました。〈俺には、一万人の味方がいるが、同時に、一万人の敵もいる。それがまた、政治家の資質なんだ〉と、笑っていたんです」

質問「現在、警察が、参考人として、何人かの人間を、呼んでいるようですが、その中で、いちばん警察が、マークしているのは、誰ですか？」

答え「そうね、水谷さんは、議会にも、敵がいたが、市会議員の選挙は、二年先だから、とりあえず、水谷さんの、命を狙《ねら》うような政敵は、いないと思う。それよりも、警察が、マークしているのは、水谷さんの甥のKさんと、水谷さんの秘書の、A氏だと思っている」

質問「どうして、警察は、この二人を、マークしているんでしょう？」

答え「水谷さんは、市会議員だが、同時に、小浜の、水谷漁業という会社の、社長でもあるんだ。水谷さんも、もう五十六歳だから、何とか、その会社の後継ぎを、欲しがっていたんだ。

しかし、水谷さんには、男の子がいなくて、女の子が、二人だけでね。それで、甥のKさんに、自分の後を、継がせようとして、目をかけていたんだね。何とか、水谷漁業を、任せようと思っていた。

ところが、このKさんというのは、若い時から文学青年でね。むしろ、水谷精一郎さんの生き方、あるいは、その政治信条に対して、批判的だったんだ。それで、二人の間には、口論が、絶えなかった。

水谷さんにしてみれば、自分が、こんなにも、可愛がっているんだからという気持ちがあって、なおさら、Kさんには、腹が立っていたらしい。

Kさんのほうはといえば、今もいったように、水谷さんの生き方に、反対でね。前回の選挙の時でも、水谷さんの政敵に、投票しているんだ。

そして、三月二日の〝お水送り〟の前日にも、二人が、口論しているのを、何人かが、見ているんだ。それも、激しい口論でね。水谷さんは、Kさんを、殴ったらしいんだ。

そのことがあったので、警察は、甥のKさんをマークしているんだよ。

もう一人のAさんのほうだが、水谷さんは、六十歳になったら、議員を辞《や》めると、考えていたらしい。引退だ。

それで、秘書のAさんに、自分の後を継いで、市会議員になって、欲しかったらしいんだな。だから、Aさんが結婚した時は、水谷夫婦が、仲人を務めている。Aさんのほうも、学生時代から水谷さんに、私淑《ししゅく》していて、〈先生、先生〉と慕っていて、大学を卒業すると、すぐに、水谷さんの秘書に、なっているんだ。

ところが、Aさんは、水谷さんが、選挙資金として、プールしておいた一億円の中から、二千万円を、黙って引き出して、使ってしまっていたんだよ。

これは、水谷さんの、後援会の人たちが、証言してんだから、間違いないと思う。それで、水谷さんが、腹を立てて、Aさんを、問い詰めたらしいんだ。

それに対して、Aさんは、

〈そんなことを自分は、絶対に、していない。自分のことを、密告した後援会の人が、怪しい〉

と、主張したんだね。それで、水谷さんが、怒ってしまい、秘書を辞めさせるとともに、Aさんを、告訴すると、いったらしい。

今のところ、水谷さんが、Aさんを告訴したという形跡はないが、しかし、A

さんにしてみれば、水谷さんから、告訴されれば、政治生命は、失われてしまう。それで、Aさんが、水谷さんを、三月二日の夜、神事に紛《まぎ》れて、殺したのではないか。警察は、その疑いを、持っているんだ」
質問「今の二つの話は、どのくらいの、信憑《しんぴょう》性が、あるんですか?」
答え「もちろん、この二つの話には、私の推測も入っている。しかし、警察が、水谷さんの甥のKさんと、秘書のAさんの二人を、ほかの参考人に比べて、徹底的にマークしているのは、間違いないんだよ。だから、警察は、このどちらかが、犯人だと思っているんじゃないかな。まあ、そのうちに、真相が、明らかになってくると、思うがね」

2

十津川は、その後の、新聞の切り抜きを、慎重に読み取っていった。

しかし、結局、このK氏もA氏も、逮捕されることはなく、この殺人事件は、迷宮入りになっているらしい。

しかし、甥のK氏のほうは、警察の取り調べの執拗《しつよう》さに、ノイローゼとなり、市内

の病院に入院したと、報道されており、また、秘書のA氏のほうは、自分のことを、

資金の横領をしたと、水谷さんに、知らせた後援会長を、告訴していることも、報道

されていた。

スクラップブックを、読み終えた後、十津川は、改めて電話して、片山みどりに、

そのスクラップについて、きいてみた。

「どうして、この事件について、片山君が、関心を持っていたのか、あなたは〈自分

の考えが、入ってしまうから、意見は、いえない〉と、いいましたが、意見が入って

も構いませんから、正直な話を、してくれませんか？」

それでも、なお、みどりが、じっと黙っているので、

「この新聞記事の中に、水谷精一郎という市会議員が殺されたことが出ていて、その

甥のKさんが、参考人として呼ばれて、厳しい警察の追及を、受けたと書いてあるん

ですが、このKさんというのは、ひょっとして、片山君の、高校時代の同人雑誌、

『パピルス』の仲間の五人の一人、黒田大輔さんじゃないんですか？」

と、十津川が、きいた。

「わかりました」

と、みどりが、あっさり、いった。

「やっぱり、同人誌仲間の黒田大輔さんなんですね」

「そうなんです。それに、もう一つあるんです」

と、みどりが、いった。

「もう一つって、何ですか？」

と、十津川が、きいた。

「市会議員の水谷精一郎さんが、殺された事件ですけど、その記事の中に、水谷さんの秘書として、Aさんというのが、出ているでしょう？　その人の名前は、本当は、荒木《あらき》さんというんです」

と、みどりが、いった。

「Aさんは、荒木さんですか。三十五歳と書いてありますね。荒木さんは、『パピルス』の同人じゃないでしょう？」

と、十津川が、きいた。

「でも、同人仲間と、関係があるのです」

と、みどりが、いう。

「それは、どういうことですか？」

「佐伯香織さんが、結婚していたのは、ご存じでしょう？　その結婚相手が、荒木豊《ゆたか》さんなんです」

と、みどりが、いった。

十津川は、自然に、微笑を、口元に浮かべていた。

「なるほどね。そういう関係が、あるんですか？」

「ええ。東京に比べると、小浜というのは、狭い街ですから、どこかで、つながってしまうんです。水谷先生は、仲人を務めているんです。それだけ、荒木さんに対しては、嘱望《しょくぼう》していたんだと思います。結婚式は、小浜市では盛大で、新聞にも、大きく取り上げられたんです」

と、みどりは、いった。

「この事件が起きたのは、去年の、三月二日ですね？　そして、同じ年の、八月には、香織さんは、離婚してしまっている。とすると、香織さんの離婚には、この事件が、関係しているんでしょうか？」

と、十津川が、きいた。

「それは、私には、わかりません。関係しているのかも、知れませんし、関係ないのかも、知れません」

と、みどりは、相変わらず、慎重ないい方をした。

「しかし、夫の荒木豊さんが、警察にマークされたんだから、奥さんの香織さんも、精神的に、かなりの痛手を、受けたんじゃありませんかね？」

と、十津川が、いった。

「私は、何も知りません」

と、みどりが、いう。

しかし、その声をきいて、十津川は、

「何か、知っているんじゃ、ありませんか？　それを教えてくれませんか？」

と、いった。

それでもまだ、みどりは、ためらっているようだったが、

「どうせ、わかってしまうと、思いますから、いいますけど、この事件の後、嫌なウワサが流れたんです」

と、いった。

「どんなウワサですか？」

と、十津川が、きく。

「秘書の荒木豊さんは、水谷さんの、選挙資金のうち、二千万円を、使ってしまったという話があったんですけど、その時、奥さんの香織さんが贅沢《ぜいたく》な女性で、ご主人の

荒木さんに、やたらに、宝石や、ブランド物を、ねだっていた。それで、荒木さんは、美人の奥さんのために、水谷議員のお金を、二千万円もくすねてしまったというウワサなんです。でも、香織さんのことを、よく知っている昔の同人誌仲間たちは、そんな話は、まったく信じませんでしたけど」

と、みどりは、いった。

「信じなかった、同人の中には、もちろん、片山君も、入っていたんでしょうね？」

と、十津川が、きいた。

「ええ、兄も、そのウワサをきいて、怒っていましたわ」

と、みどりが、いった。

しかし、結局、この事件は、未《いま》だに迷宮入りのままである。犯人はあがっていない。

そうなると、この事件が、片山明の死と、どう関係してくるのか、十津川には、見当がつかなかった。

そこで、次に、手紙のほうを、調べてみることにした。

特に、事件の起きた、三月二日前後に、香織や、木村雄介、三浦信行あるいは黒田大輔から来た手紙である。

それに、片山と、妹のみどりとの間で、交わされた手紙、そうした手紙を、なぜ、片山は自分の手元に置かず、手紙全部を、妹のみどりに、預けていたのか、その理由も、十津川は、知りたかった。

3

問題の事件のあった去年の三月は、片山明は、警視庁捜査一課の刑事になって、二年目である。

まず最初に、現在も、小浜市で、働いている木村雄介からの手紙に、十津川は、目を通した。

「君も知っている、三月二日に起きた殺人事件の件で、『パピルス』の、同人の、黒田大輔が、警察に呼ばれて、調べを受けている。

一応、ただの、参考人といわれているし、新聞も、Kさんと、仮名で報じているが、実際は、もっとひどいものだ。

警察は、明らかに、黒田を、容疑者として、見ている。これは、間違いない。だから、丸二日間にわたって、取り調べを受けているのだ。

黒田は、もともと、繊細で、神経質な男だから、すっかり、参ってしまっている。

そこで、君に頼みたいんだ。君は、警視庁の刑事だから、この事件について、何とかして、黒田を、助けてやってもらえないだろうか？

できれば、こちらに来て、県警の連中に、黒田のことで、証言してもらいたいんだよ。絶対に、アイツが、殺人事件など、起こさない男だということをね。

それと、県警の捜査のやり方についても、批判してくれないか。

俺たちも、黒田のために、何かしてやりたいのだが、君と違って、警察に対して、何の力もないからね。ぜひともお願いする」

と、書かれ、日付は、三月六日になっていた。

木村雄介からは、その五日後の、三月十一日にも、片山宛てに、手紙が送られている。その手紙は、最初から、怒りに満ちたものだった。

「君には、失望した。何だよ、あの手紙は。

まるで、君は他人事《ひとごと》のように、自分は、警視庁の刑事だから、県警の捜査には、口をはさむことはできない。そんなことをしたら、警視庁が批判されてしまう。君の手紙には、そんなことが、書いてあったね。しかし、君は、確かに、警視庁の刑事で、警察には、縄張があるらしいが、同時に、君は、黒田大輔の、親友じゃないか。その男が、まるで、他人事のように、ほかの県警の捜査には、口出しはできない、何もできない、それはないだろう。警視庁の刑事じゃないか。

君は、高校時代から、男気《おとこぎ》があって、友情を、大事にする男だと、思っていたのだが、これで、君の本心が、よくわかった。ほかの同人も、たぶん、がっかりしているだろう。

もう、君には、何も頼まない」

そう書かれてあった。

高校時代に、自殺未遂を、二回繰り返した、三浦信行からの、片山宛ての手紙にも、去年の三月二日の事件について、書いてあった。

「僕は、君が、冷たい男だということを、昔から知っていた。今度の黒田のことで、それを再確認した。君は、他人の苦しみがわからない人間だ。

木村は、今になって、君に、助けを求めたことを、後悔しているようだが、僕は、最初から、君が、何の助けにもならないことが、わかっていた。

君は、冷たいヤツだ。

黒田がもし、無実の罪で、刑務所にでも、送られることになったら、僕は、君を殺してやる」

三浦信行の手紙には、そう、書かれていた。

これに対して、片山が、どう、返事をしたのかは、わからない。

三浦信行からの手紙は、これ一通だけだったが、このほかに、三浦の両親からの手紙も、入っていた。

まず、三浦の父親の三浦慎太郎《しんたろう》からの手紙だった。その日付は、去年の四月二日になっていた。

「片山様

息子の信行が、あなたに、とんでもないことをしてしまい、本当に、申し訳ないと、思っております。

信行は、東京の親戚の家から、だいぶ前に、小浜に戻っていました。少し精神に、おかしなところがあり、それで一途《いちず》に、あなたを憎んで、あんなものを、送りつけたのだと、私は、思っております。

幸い、あなたには、何の怪我《けが》もないときいて、ホッとして、おります。

倅《せがれ》の信行については、私と妻の文恵《ふみえ》の二人で、気をつけておりますが、今後も、信行から、そちら様に、何か送りつけてまいりましたら、用心してください。お願いいたします。

それと、信行を、許してください。私からのお願いでございます」

また、三浦の母親の三浦文恵からの、手紙にも、同じようなことが、書かれていた。この母親のほうも、同じ日に、送られた手紙だった。

「本当に、申し訳ございません。

信行が、あんなことをするとは、夢にも思いませんでした。

信行は、高校時代から神経質で、思いつめるクセがあり、高校三年の時に、自殺を図りましたが、それも、同人の香織さんが好きで、その香織さんを、あなたに、取られたと思い込んで、自殺を図ったと、信行から、後できききました。そんな信行なので、今回の件も、思いつめて、あなた様に、あのような、危険なものを、送りつけたのだと思います。本当に、申し訳ございません。信行は、また、入院させました。よく、いいきかせて、おきますので、何卒《なにとぞ》、警察沙汰には、しないでいただけませんでしょうか？　お願いいたします」

この手紙のことについても、十津川は、片山みどりに、きいてみた。

「この危ないものというのは、何か、知っていますか？」

と、十津川が、きくと、

「私は、何も、知らなかったんですけど、三浦信行さんの、ご両親が、突然、私のところに来て、頭を下げられたんです。それで、わかりました。何でも、ご両親の話では、信行さんが、小包の中に、手製の爆弾を入れて、兄のところに、送ったらしいんです。そのことを謝《あやま》りに、来られたんです」

と、みどりが、いった。

「私は、片山君から、そんな話は、きいていませんが」

と、十津川が、いうと、

「幸い、兄は、その小包をおかしいと思って調べたので、何事も起きなかったのですが、私が電話すると、兄は、こういっていました。〈三浦は、少しばかり神経質な男で、僕のことを、誤解しているから、これは、その誤解が生んだものなんだ。だから、このことは、誰にも、いわないでおいてくれ〉、そういっていたんです。だから、十津川さんにも、何もいわなかったんだと思います」

と、みどりは、いった。

黒田大輔から、片山明に宛てた手紙も、あった。

去年の三月十日に書かれたものである。その手紙は、こうなっていた。

「一時間前に、二日間の、警察の取り調べが、終わって、帰宅した。ひどい、取り調べだったよ。

明らかに、警察は、僕のことを、叔父の水谷精一郎を殺した犯人だと、思い込んでいる。とにかく、〈お前が殺したんだろう。自白しろ〉、その一点張りなんだ。もちろん、僕は、否定した。それでも、そんな僕の証言なんて、きいてくれないんだよ。身体的な拷問《ごうもん》こそ、なかったが、あれは、言葉による、拷問だね。

一応、今日帰されたが、おそらくまた、僕を、呼びつけて、同じように、執拗に、自白を、強要するに違いない。どれだけ頑張れるか、僕自身にも、よくわからない。

木村雄介の話では、君に、助けを求めたらしいが、それは、どうなっているんだろう？

僕が、取り調べを受けていた感じでは、東京の警視庁からの話のことなど、刑事たちは、まったく、いっていなかったから、おそらく、君は、木村の頼みを、断わったのではないだろうか？

それについて、僕は別に、君を、恨《うら》みはしない。警察同士の、縄張り争いが、激しいことは、僕も、知っているからね。

ただ、君は良くも悪くも捜査のプロなんだから、何か、僕に対して、警察の追及を、逃れる方法を、教えてくれればいいと、思っているんだが、教えてくれないだろうか？

そのことだけは、ぜひ、頼みたいと思っている」

そう書かれていた。

黒田大輔からの二通目の手紙は、四月二日になってからで、片山に対して、明らかに冷たくなっていた。

「僕は、相変わらず、警察から疑われている。それは、痛いほど、よくわかっている。あれから、二度も取り調べを受けたからね。

確かに、僕は、叔父が嫌いだった。しかし、殺したりは、しない。殺す理由も、ないからね。軽蔑している人間を、殺したって、仕方がないじゃないか。

それを、何回いっても、ここの警察には、信じてもらえないんだ。それが悔しいよ。

それから、君は、とうとう、僕を助けに来てくれなかったね。別に、それを、恨む気持ちはない。

たぶん、君は、自分が、警視庁の刑事だから、県警の捜査に対して、何かいうことは、いけないことだと思っているのだろう。それは、よくわかる。

しかし、友人としては、何か、冷たいんじゃないか、そう思っている。そのことだけは、書いておきたいんだ」

二通目の手紙は、それで終わっており、ほかに、黒田大輔からの、手紙はない。

佐伯香織からの手紙も、一通あった。

いや、この手紙が、書かれたのは、去年の六月だから、まだ荒木豊の妻、荒木香織として書かれた、手紙だった。

十津川は、その手紙にも、目を通した。

「片山明様
すでに、三月の事件については、おきき及びだと思います。私の夫の荒木豊が、警察に疑われて、何度も、事情聴取を受けています。

それに、『パピルス』の同人だった、黒田大輔さんも、疑われているんです。

それについて、木村雄介さんや、三浦信行さんたちが〈同人の黒田を、助けてやってくれ〉といって、あなたに、手紙を書いたようですが、私は、書きませんでした。

だって、東京の警視庁に、お勤めのあなたが、福井の事件について、何かをいうことができないのは、わかっていますもの。それは、木村さんたちにも、わかっているはずなのに、どうしても、刑事のあなたに、頼んでしまうんでしょうね。

木村さんたちは、やたらに〈友情、友情〉といっていますけど、私は、あまり、そういうものは、信用しないんです。

もちろん、黒田さんが、無実であって欲しいとは思って、おりますけど、友情という、曇った目で見ると、危険だと、思うからです。

私の夫も、容疑者として警察にマークされています。私も、重要参考人の妻ですから、出来るだけ、冷静な目で、見ようと思っております。

それに、私は、別に、不安には思っておりません。ただ、私について、変なウワサが、流れてしまって、それには、困っていますし、怒ってもいます。

片山さんは、ご存じかどうか、わかりませんが、贅沢好きの私が、夫の荒木にねだって、宝石やブランド品を、買わせたので、それで、荒木が、水谷先生のお金に、手をつけた。そういうウワサです。

でも、片山さんも、ご存じだと思いますが、私は、そんな女ではありません。もちろん、女ですから、贅沢は、好きですが、それを夫にねだったりするような、そんな女ではありません。

夫に買ってもらった宝石も、ありませんし、ブランド品もありません。それは、調べていただければ、わかるのに、ウワサというのは怖いものですね。

それから、一つだけ、正直なことを書いておきますけど、私は、前々から、荒木とはうまく行って、いませんでした。

ですから、離婚をするつもりで、夫にも話していたのですが、急に、今度の事件が起きてしまって、離婚話が、宙に浮いてしまいました。

夫の荒木が、困っている時に、私が、離婚をしたいといえば、小浜の人たちは、きっと、私のことを、冷たい女だと、非難するに決まっています。

ですから、今は、離婚ができないのですが、でも、私と夫の間は、どうしようもなくなっていますから、そのうちに、勇気を出して、離婚をしたいと、思っています。

こんなことを書いて、ごめんなさい」


それが、香織からの手紙だった。このほかに、香織からの手紙はない。

最後は、片山と、妹のみどりとの間に、交わされた手紙だった。

それも、何通かあった。その中から三月二日の事件の後の、手紙についてだけ、十津川は、目を通してみた。

最初は、三月三日の午後に投函《とうかん》された片山みどりの手紙だった。

「お兄さんから電話のあった、『小浜新報』の今日の朝刊を、同封します。お兄さんが電話でいってたように、三月二日の夜に殺された、市会議員の水谷精一郎さんの甥は、お兄さんが、高校時代にやっていた、同人雑誌『パピルス』の同人の、黒田大輔さんです。黒田さんは、きっと疑われると、思います。黒田さんと、叔父さんの仲が、悪かったことは、たいていの人が、知っていますから。

しかし、私は、黒田さんが、犯人だとは思っていません」

次の手紙は、三月五日。これにも、新聞が同封されていたのだ。

「今日の朝刊を同封します。

そこに、警察がマークしている人として、水谷精一郎さんの甥の、Kさんと出ていますが、それは、お兄さんの知っている、黒田さんのことです。

それから、もう一人、秘書の、Aさん（35）と書いてありますけど、それが荒木豊さんであることは、誰もが知っています。何しろ、小さい町ですから。

それに、お兄さんは、この荒木さんが、あの香織さんの、夫だということも、知っているんでしょう？

その香織さんについて、小浜の町では、嫌なウワサが、流れているんです。それは、香織さんが、贅沢な女で、夫の荒木さんにいつも宝石なんかを、ねだっていたので、それで、荒木さんが、水谷議員のお金に手をつけた。そんなウワサが、流れているんです。

きっと、警察が、荒木さんを、参考人として、事情聴取しているのも、そんなウワサのためだと思います。きっと、香織さんも、参考人として呼ばれると思います」

二通目の手紙には、そう書かれてあった。

それに対する、兄の片山明の手紙が、三月十日に、送られている。

「毎日、『小浜新報』を送ってくれて、ありがとう。今は忙しくて、そちらに行けないのだが、新聞のおかげで、事件について、大体のことが、わかってきた。

同人誌仲間からは、〈小浜に来て、黒田を助けてやってくれ〉という手紙が、きている。

しかし、今も書いたように、こちらの事件で、忙しくて、小浜に行けないし、警察というのは、ほかの県警の捜査には、タッチできないんだ。そんなことをしたら、大変なことになるからね。

それに、私は、警視庁捜査一課の人間だといっても、刑事になって、まだ満一年しか経《た》っていない。そんな新米《しんまい》の刑事が、ほかの県の警察の捜査について、何かをいうなんて、思いも寄らないことなんだ。

そのことは、お前には、わかってもらえるだろうが、果たして、同人誌仲間には、わかってもらえるかどうか？　たぶん、わかってもらえないだろう。

そして、冷たい男だと、いわれるに、決まっている。しかし、どうしようもないことなんだ。

それでも、休暇が取れたら、小浜に帰ろうと思っている。何といっても、私の故郷だから」

十日の手紙には、片山は、そう書いていた。

四月二日以後の、みどりから、兄の片山宛ての手紙。

「電話で話したように、三浦信行さんの、ご両親が見えて、私に、頭を下げて、帰りました。

本当に、お兄さん、何でも、なかったんですか？

ひょっとして、ケガでも、しているんじゃないかと、心配で、仕方がありません。

三浦さんのご両親は、息子の信行さんが、少し精神的におかしくなっている、そうおっしゃっておられましたけど、もし、お兄さんの身に何かがあれば、私は、信行さんを許せませんし、ご両親も、許せません。

本当のことを、教えてください」

この手紙に対する、片山の返事。

「心配してくれて、ありがとう。電話でいった通り、私は、ケガ一つしていない。

三浦からの小包が届いた時、手に持ってみると、やたらに、重かった。小包の品名には、小浜名産の干物《ひもの》と、書かれていたが、干物にしては、やたらに重かったからね。

それに、私は、自分が、彼に憎まれていることを、薄々、感づいていた。何しろ、高校三年の時に、彼は、二回も、自殺を図っており、それは、私が佐伯香織の肖像画を描いたことを、変に誤解して、私を憎んでいたのが理由のようだからね。

そして、私が、彼女を、取ってしまうんではないか、そう思って、ノイローゼになって、自殺を図ったらしいんだ。そんな、彼から、突然、小浜の干物を送ってくるなんて、考えられない。

それで、内密に、友人の爆発物の専門家に調べてもらったら、手製の爆弾が入っていることがわかった。だから、爆発も、しなかったし、私もケガは、していない。

三浦のご両親には、君からいっておいて、欲しいんだ。

私は、このことで、彼を、恨んでもいないし、告訴するつもりも、ないとね。

それから、例の事件で、結局、黒田は逮捕されなかったし、香織さんのご主人も、逮捕されなかった。それで、私は、ホッとしている。

一応、迷宮入りだから、これからも、地元の警察は、捜査していくと思うが、黒田や荒木さんが逮捕されることは、ないだろうと、考えている。

また、事件について、何かあったら、知らせて欲しい」

問題の事件があってから、五カ月後の、八月二十五日に、片山みどりは、兄の片山に、手紙を書いている。その手紙の文面は、こうだった。


「今日、香織さんが、離婚したと、新聞に出ていました。ご主人の荒木豊さんが、あの事件の、関係者だったから、きっと、新聞がこの離婚を取りあげたんだと思います。

このことで、お兄さんが、何か知りたければ、私が、香織さんに会って、きいてきますけど、どうですか？

それから、事件のもう一人の関係者の、黒田大輔さんですが、先月の末に、アメリカに行ったらしいと、ききました。本当に、アメリカに行ったのかどうかは、わかりませんが、今は、小浜にいないことは、確かです。

きっと、三月の事件で、警察に疑われたので、小浜が嫌になって、小浜から、いなくなったんだと、思います。まだ、事件について、いろいろという人がいますから。

そのほかに、変わったことは、ありません。北国の小浜にも、やっと夏が来て、先日はうちの町内でも、地蔵盆《じぞうぼん》がありました。

お兄さんが、帰ってきていれば、一緒に地蔵盆を楽しめたのにと思って、残念です。今度は、いつ帰ってくるのですか？」


この手紙の返事は、三日後に、片山から送られている。


「地蔵盆に行けなかったのは残念だ。そのうちに、休暇を取って、小浜に帰るつもりだ。

黒田のことでは、少しばかり、驚いている。黒田が、小浜を離れたことに対して、驚いているのではなくて、君が書いたことに、驚いているんだ。

黒田が、郷里の小浜が、嫌になって、出て行ったんじゃないかと、君は書いているが、それは、少しばかり、違うと思う。

人間は、なかなか、郷里を、捨てられないものだよ。私だって、いわば、小浜を捨てて、東京に来て、大学を出て、警察に入ったんだが、それでも、いつでも、気持ちの中から、小浜という故郷が、消えたことがない。

三月の事件のことで、同人誌仲間の、木村雄介や三浦信行たちから、いろいろと非難されて、辛《つら》くて、悔しかったが、それでも、彼らを、憎むことが、できないのも、やはり、故郷を、憎むことができないのと、同じことだと思っている。いつか、私は、小浜に戻ろうと思っている。当分は、警察の仕事で忙しいから、無理だと思うがね」

片山の手紙には、それだけが書いてあって、なぜか、佐伯香織のことは、何も書かれていなかった。

彼女のことを書くことが、恥ずかしかったのかも、知れない。

しかし、これで、片山が、佐伯香織が離婚して、一人になったことを、知っていたことだけは、間違いないとわかった。

十津川は、新聞記事や、同人たちの手紙、それから、片山と妹の間で、交わされた手紙を、亀井に、読ませた。読ませて、彼の意見を、きくことにした。

4

「少しばかり、びっくりしましたね」

　と、亀井が、いった。

「どうして？」

　と、十津川が、きくと、

「片山から、去年の三月に、起きた事件のことは、何も、きいていませんでしたからね。だから、びっくりしているんです」

　と、亀井が、いった。

「その点は、同感だ。たぶん、片山は、東京には、関係のない、自分の郷里で、起きた殺人事件だから、私たちには、黙っていたんだろう。それに、片山は、友人たちから、助けてくれといわれても、助けることが、できなかった。その後ろめたさも、あって、話さなかったんだと思うがね」

　と、十津川が、いった。

「この中にある、佐伯香織と木村雄介には、昨日、警部と一緒に、会いましたね。その時、二人とも、この事件について、何も話していませんでしたが、どうして、話さなかったんですかね？」

と、亀井が、いった。

「そうだな、たぶん、もう終わったことだと思っていたのかも、知れないし、あるいは、彼らが、警察を、信用していないからかも、知れないよ」

と、十津川が、いった。

「警察に対する不信ですか？　確かに、ここの警察は、彼らの仲間の一人の黒田大輔を、疑って容疑者扱いにした。それで、警察に対して、不信の念が、あるんですかね？」

「少なくとも、木村雄介のほうには、あるはずだ。彼が、片山宛てに、書いた手紙の中で、片山のことを（友情に欠ける）と、非難しているからね。それは、片山に対する非難でもあるし、同時に、警察に対する非難でも、あるはずだ。だから、木村が、私たちに対して、三月の事件のことを、話さなかったのも、うなずけるんだよ」

と、十津川が、いった。

「佐伯香織のほうは、どうですか？　なぜ、何も、いわなかったんでしょうかね？」

と、亀井が、きく。

「彼女にしてみれば、三月の事件について話すと、自分の夫が、その事件に、関係していたことも、話さなくてはならないし、その夫と、離婚したことも、話さなくてはならないから、われわれには、事件について、話さなかったのではないか、私は、そう思うよ」

と、十津川は、いった。

「問題は、片山が殺された事件のことになりますが、私には、どうしても、広瀬ゆかりという、ホステスと、無理心中したとは、思えないんですよ」

と、亀井が、いった。

「私だって、そうは思っていない。あの話は、間違っていると、思っている」

と、十津川は、強い調子で、いった。

「すると、片山は、無理心中したのではなくて、誰かに、殺されたということになりますが、それと、今度わかった、去年三月の事件とは、何か、関係があるんでしょうか？」

と、亀井が、きいた。

「今の段階では、何ともいえないが、しかし、去年、小浜で、事件があったのは、三月二日だ。そして、東京で、片山が、死んだのは三月九日、その間、ちょうど一年だ。

一年しか、経っていない。去年の事件では、彼の親友で、同人の一人、黒田という男が、重要参考人になっているしね。そして、片山は、その友人を、助けようとしなかったということで、ほかの同人から、非難されている。特に、三浦信行という、同人の一人は、片山のことを恨んで、爆弾まで送りつけている。そんなことを考えると、私には、何か、関係があるように思えて、仕方がないんだ」

と、十津川は、いった。

「私も同感です。それに、片山が、最近になって、郷里の小浜に、やたらに、戻りたがっていたと、妹さんは、いっていましたね。そのことも、気になるんです。どうして、急に、片山が、東京を捨てて、郷里の小浜に、帰りたがっていたのか？　もし、帰るとすれば、警視庁を、辞めて帰るつもりでしょう？　どうして、そこまで、思い込んでいたのか、それがどうにも、気になって、仕方がないんです」

と、亀井刑事が、いった。

「もう一度、佐伯香織と木村雄介に、会ってこようじゃないか」

と、十津川は、いった。

5

翌朝一番で、十津川と亀井は、まず、小浜商店街の中にある文具店に、佐伯香織を、再訪した。

前と同じように、香織は、二人の刑事を、近くの喫茶店に誘った。

最初は、ニコニコしていたのだが、十津川が、昨年三月の、事件に触れると、急に表情を硬《かた》くして、

「東京の刑事さんが、どうして、小浜の事件について、関心を、お持ちなんでしょうか？」

と、やや、切り口上《こうじょう》で、きいた。

「別に、われわれは、その事件について、調べようとしているわけでは、ありません。あくまでも、その事件は、小浜で、起きた事件ですから。ただ、その事件に、東京で死んだ、片山刑事が関係しているような気がするので、こうして、おききしているのです。先日、伺《うかが》った時は、この事件について、あなたは、何もおっしゃいませんでしたね？」

と、十津川は、いった。

「それは、東京の刑事さんには、関係のない事件ですから」

香織は、また、やや、つっけんどんな口調で、いった。

「あの事件のことで、片山刑事は、同人雑誌の仲間から、非難されていたんです。〈友情に欠ける〉とか、〈お前みたいなヤツは、死ね〉とか、いわれましてね。そのことは、ご存じでしたか？」

と、亀井が、きいた。

「いいえ。でも、私は、片山さんが、黒田さんを助けなくても、別に、非難は、しませんわ。だって、東京の刑事さんは、小浜の事件なんかには、口出しが、できないんでしょう？　それは、わかっていましたから」

と、香織が、いった。

「それから、この事件については、あなたも、関係が、あったんですね？」

と、十津川が、きいた。

香織は、眉をひそめて、

「それ、正確では、ありませんわ。私が関係があったのではなくて、私の夫だった、荒木が、関係があったんです」

と、訂正した。

その訂正の仕方に、彼女の気の強さが、表われているように、十津川には、感じられた。

「事件が、起きてから、一年が、経っていますが、あなたの気持ちの中で、去年の事件は、どうなっているんですか？」

と、十津川が、きいた。

「もう、過去のことだと、思っています。今もいったように、私の夫には、関係がありましたが、私自身には、関係が、ありませんでしたし、それにもう、荒木とは、別れています。あの事件と私は、もう何の関係もないし、忘れています」

と、香織は、いった。

その言葉が、ウソか本当か判断がつかなかった。

「事件の時、同人の黒田さんが、参考人として、警察の取り調べを受けているんですが、黒田さんは現在、どうしているか、ご存じありませんか？」

と、十津川が、きいた。

「どうして、黒田さんのことを、東京の刑事さんが、心配されるんですか？」

と、香織は、また、強い口調で、きく。

十津川は、苦笑しながら、

「その黒田さんは、私の部下だった、片山刑事の友人ですからね。ひょっとすると、片山刑事が、殺されたことと、小浜で、去年起きた事件が、関係しているかも、知れないんです。そんな気がするものですから、こうやって、あなたに、おききしているんですが」

と、十津川は、いった。

「そんなはずは、ありません。どうして、小浜で起きた事件が、東京の事件と、関係があるんでしょうか？」

と、香織が、きいた。

「あくまでも、私のカンですよ。ひょっとすると、関係があるかも知れない。そう思うと、私としても、いろいろと、知りたくなってくるんですよ」

と、十津川は、いった。

「黒田さんなら、今は、小浜には、いませんわ」

と、香織が、いった。

「どこにいるのか、ご存じありませんか？」

と、十津川が、更に、きくと、

「知りません。もし、どうしても、黒田さんの行方を、知りたいのならば、黒田さんの家に行って、ご両親に、おききになったら、いかがですか？」

と、香織は、いった。

なぜか、取りつく島のない、いい方だった。そのことが、十津川には、ひっかかった。

6

十津川と亀井は、その足で、小浜港の近くにある水産物の土産物店に、木村雄介を、訪ねた。

木村のほうは、二人を、笑顔で出迎えて、

「また、何か、お調べなんですか？」

と、きいた。

「実は、片山刑事の遺品を、調べていましたら、その中に、去年の三月、この小浜で起きた、事件についての、新聞記事を、スクラップしたものが、見つかったんですよ。この小浜の市会議員の水谷精一郎さんが、三月二日の夜に、殺された事件ですよ。その事件について、この小浜の新聞が、報道している記事を、丹念に、スクラップしているんです。なぜ、片山刑事が、その事件について、関心を持っていたのか、木村さんには、おわかりになりますか？」

と、十津川は、そんなきき方をした。

「去年三月二日の事件ですか」

と、木村は、宙を見つめて、しばらく、考えていたが、

「もう、一年も、昔の話ですよ。それについて、片山が、関心を持っていたとしても、もう一年も経っているし、それに、あの事件は、もう、迷宮入りです。片山が、死んだのは、今年になってからでしょう？　それと、去年のあの事件が、関係しているとは、とても、思えませんが」

と、いった。

そのいい方は、三月二日の事件については、もう、関係したくない、そんな、口振りに聞こえた。

「それから、片山刑事の妹さんに、きいたんですが、去年の三月の事件で、同人の一人の、黒田さんが疑われていた。それでずいぶん、片山刑事自身、悩んでいたようなんですが、それについては、ご存じでしたか？」

と、十津川は、きいた。

いきなり、木村や三浦信行が、片山刑事に宛てた手紙について話せば、この木村が、怒って、何もいわなくなってしまう、そう感じたからだった。

「片山の妹さんが、そんなことをいったんですか？」

と、木村は、いい、困惑の表情になって、

「片山が、心配したのは、もちろん、それは、同人の一人が、警察に、疑われていたからでしょうね。しかし、もう終わったんですよ。黒田は、逮捕されなかったし、今もいったように、事件は、迷宮入りですからね。それに、われわれも、事件については、もう忘れたいんです」

と、いった。

「それは、どうしてですか？」

と、亀井が、きいた。

「だって、そうでしょう。同人の一人が、警察に、疑われたんですよ。そんな事件を、思い出して、楽しいはずが、ないじゃないですか。だから、忘れたいんです」

と、強い口調で、木村は、いった。

「その黒田さんですが、今、どこにいるか、ご存じないですか？」

と、十津川は、きいた。

「わかりませんね。今、小浜にいないことだけは、確かですが」

「去年、事件の後で、アメリカに、行ったという話を、きいたんですが、それは、どうなんですか？　今も、アメリカにいるんですかね？」

と、十津川は、きいた。

「それも、わかりません。音信不通なんですよ。きっと、あの事件で、疑われたことが、心の傷になっていて、小浜に、戻ってくるのが、嫌なんじゃないですか。僕にいえるのは、そんなことくらいですよ」

と、木村は、いい、それっきり、黙ってしまった。

第四章　遺言

1

問題のリュックサックの中に、最後に残っていたのは、一通の封書だった。封のところに「開封を禁ずる」と書いてあり、表には「親展　十津川警部様」と、あった。そして、裏には、片山の署名があった。

十津川は、木村の会社から、みどりのマンションに行くまで、その封書を開けないまま、持っていた。

「最後に、兄に会った時、兄から、渡されたんです。その時、〈これを開けるのは、上司の十津川警部だけにしておいてくれ。それ以外の者には、見せるな〉といわれたんです。ですから、兄が死んだと、わかった時も、開けませんでした」

と、みどりは、いった。

「それなら、私が、開封しても構いませんね」

と、十津川は、みどりに断わってから、封を切った。

中から出てきたのは、便せんが、二枚だけだった。

〈私は今、迷路に迷い込んでいます。

私は、郷里の小浜を、愛していますし、昔の友人も、大事です。

私は今、その友人たちのために、一つの事件を調べていますが、壁にぶつかって、困っています。

その上、なぜか、死が予感されるのです。もし、私が死ぬようなことがあったら、私がなぜ死んだか、それを、調べていただけないでしょうか？

もちろん、これは、私の個人的なことですから、無視されても、構いません。

それから、妹のことを、お願いします。

片山〉

便せんには、それだけの文字しか、書かれていなかった。

十津川は、その便せんを、亀井にも見せた。

「ここに書かれている事件というのは、去年の三月二日に、起きた事件のことだと思うね。彼は、その事件を調べていたんだ」

「そういえば、東京に電話して、調べてもらっていたんですが」

と、亀井が、いう。

「片山は、めったに、有給休暇を取らないんですが、去年の三月以降、急に、取り出しています。一年に二十日ある有給休暇ですが、彼は、去年の三月まで、ほとんどそれを取っていません。それが、去年の三月以降、十六日も、取っているし、今年になってからも、二カ月の間に、六日も、取っています」

「有給休暇を取って、故郷の小浜に来て、去年の三月二日の事件を、調べていたのかな？」

「おそらく、そうでしょう。個人的に、調べていたんだと思いますね」

と、亀井が、いった。

「ここには、故郷の小浜と、昔の友人が、大事だと書いてある」

「ですから、片山は、故郷のためと、昔の友人のために、休暇を取っては、小浜に帰り、事件を調べていたんでしょう。おそらく、真犯人を見つけようと思っていたに違いありません」

「ここに〈なぜか、自分が死ぬような気がする〉と書いているのは、どういうことなんだろう?」

と、十津川が、いった。

「彼は、一人で、事件を調べていたわけですが、調べれば調べるほど、何か、危険が、自分に迫ってくるような気がしていたんだと、思いますね。だから、この遺書めいた手紙を書いて、妹さんに、預けておいたんじゃないでしょうか」

と、亀井が、いった。

「死の予感か」

「これで、やはり、彼が殺されたのが、はっきりしたと、思います。この手紙には、無理心中の相手と思われている、広瀬ゆかりのことは、何も書いてありませんから、あの無理心中は、偽装工作だったんですよ」

と、亀井が、語気を強めて、いった。

十津川は、みどりに向かって、

「お兄さんのことですが、彼は、去年、有給休暇を、十六日も取っているんです。今年になってからも、六日取っています。合計で二十二日ですが、去年の三月以降、今年にかけて、そんなに何回も、お兄さんは、郷里の小浜に、帰ってきていましたか？」

と、きいてみた。

「わかりませんけど、私は、そんなには、兄に会っていません」

と、みどりは、いった。その後で、

「どうして、兄は、そんなに何回も、この小浜に帰ってきていたのに、私に会おうとしなかったのでしょうか？」

と、十津川に、きいた。

「お兄さんは、去年から今年にかけて、去年の三月二日に、起きた事件について、時々、郷里に帰っては、調べていたんですよ。ただ、あなたには、心配かけまいとして、何も、いわなかったに違いない。私たちにでさえ、何もいわなかったんですよ。自分一人で、捜査が難航していた、あの事件を、解決しようとしていたに違いありません」

と、十津川が、いった。

「なぜ、兄がそんなことを？」

と、みどりが、きいた。

「この遺書めいた手紙には、郷里の小浜が好きだし、昔の仲間が、大事だからと、書いてあります。これは本心だと思います。だから、一人で、必死になって、事件を解決しようとしていたんだと思いますね」

「兄は、そのために、死んでしまったんでしょうか?」

と、みどりが、きいた。

「そうかも知れません」

「兄は、殺されたんでしょう? 新聞には、無理心中のように、書いてありましたけど、私は、そんなこと、信じません」

と、みどりが、いった。

「われわれも、信じませんよ。彼は、女性を愛しても、無理心中するような男じゃない」

と、亀井が、いった。

「それなのに、なぜ、兄は、死んだんでしょうか?」

「今もいったように、お兄さんは、去年三月二日の、この小浜で起きた、殺人事件を調べていたんです。小浜が好きで、昔の友人のためになりたいと思って、調べていたんだと思いますね。それを快《こころよ》く思わない人間がいた。だから殺されたんだと思います。無理心中に見せかけてね」

と、十津川が、いった。

「いったい誰が、そんなことをしたんでしょう?」

「今のところ、残念ながら、わかりません」

と、十津川は、正直に、いった。

「私は、どうしたらいいんでしょうか? 兄を殺した犯人を、捕まえたいと思っても、私には、何の力も、ありません。それに、兄が殺されたのは、東京ですから」

と、みどりが、困惑した表情で、いった。

「お兄さんの件は、私たちが、調べます。東京で起きた殺人事件ですからね。それに、お兄さんは、私の部下だ。何としてでも、われわれが犯人を、捕まえますよ。それは、約束します」

と、十津川は、きっぱりと、みどりに向かって、いった。

2

十津川と亀井は、小浜警察署に足を向けた。

中に入っていくと、今でも、

「三月二日の神事殺人事件捜査本部」

の看板がかかっている。

二人は、捜査の責任者の松本《まつもと》という警部に会った。四十五、六歳で、小柄だが、きつい目をした、いかにも気の強そうな、男だった。

十津川が、去年三月二日の事件についてきくと、

「世間では、迷宮入りだといっていますが、われわれは、そうは、思っていません。全力を尽くして、捜査を、しております。必ず犯人を挙《あ》げてみせます」

と、勢い込んだ調子で、いった。

警視庁の刑事が来て、いきなり、きいたので、対抗意識を持ったのかも知れない。

「捜査状況について、よろしければ、話していただけませんか？」

と、十津川が、きいた。

松本は、いっそう警戒するような目になって、

「なぜ、警視庁の刑事さんが、こんな田舎《いなか》町で起きた殺人事件に、興味をお持ちなんですか？」

と、きいた。

「私の部下の、片山という刑事が、東京で死にました。われわれは、殺されたと考えて、その捜査に、当たっているのですが、どうも、この東京の事件は、去年、こちらで起きた、殺人事件とつながっているような、気がするんですよ」

と、十津川は、いった。

松本は、驚いた表情になったが、

「よくわかりませんが、どんな根拠で、十津川さんは、そう思われるのですか？」

と、きいた。

「去年三月二日の殺人事件ですが、こちらでは、黒田大輔という男と、殺された水谷市会議員の秘書の、荒木豊という二人の重要参考人から、話をきいたとうかがっているんですが」

と、十津川が、いった。

「その通りですが、それが、東京の事件と、どう関係があるんでしょうか？」

まだ、松本は、半信半疑の表情で、十津川を見た。

「実は、私の部下の片山は、この小浜の生まれで、黒田大輔と、高校時代の友人なんですよ。それから、もう一人の、荒木豊の当時の奥さんは、確か、香織という名前でしたね？」

「その通りです。それが、どうかしましたか?」

「その香織という女性も、片山刑事の、昔の知り合いでしてね」

と、十津川は、いった。

松本は、うなずいて、

「高校時代の、同人雑誌『パピルス』の仲間ということですね」

と、微笑した。

「そうなんです。片山は、当時の同人雑誌、『パピルス』の五人の同人の一人なんです。片山は、昔の友だちの黒田大輔が、重要参考人になっているので、何とか、彼を助けようとして、去年三月二日の殺人事件について、密《ひそ》かに、個人的に調べていたみたいなんですよ。そのために、殺されたのではないか、そう思われる節《ふし》が、あるんです」

と、十津川は、いった。

松本のほうは、まだ、疑わしげに、

「しかし、去年三月二日の事件は、あくまでも、この小浜で、起きた事件で、その事件が起きた時、問題の片山刑事は、東京にいたんでしょう? それに、昔の仲間が重要参考人になったといっても、失礼だが、東京の刑事さんが、調べてわかるような事件だとも、思えませんがね」

と、松本が、いった。

「しかし、われわれは、片山刑事が、去年三月二日の殺人事件について、調べていたので殺されたと、思っているんです」

と、十津川は、いった。

「そう思われる証拠でもあるんですか？」

と、松本が、きいた。

十津川は、少し迷ってから、

「片山刑事は、死ぬ前に、遺書を残しているんです。遺書は、私宛てに、なっていましてね。これを見ていただければ、少しは、私たちの気持ちが、おわかりになると思うんですが」

といい、例の手紙を、松本に、見せた。

松本は、その短い手紙を、熱心に見ていたが、

「しかし、これだけでは、二つの事件に関係があるとは、考えられませんね。去年の三月二日の殺人事件が、一年経《た》ってから、東京の殺人事件と、結びつくとは、とても考えられません」

と、いった。

「そういわれるのも、当然だと思いますが、私には、どうしても、どこかで、関係しているると思わざるを得ないのですよ。ですから、われわれが、この小浜に来て捜査をするのを、許していただきたいのです」

と、十津川は、いった。

「この小浜で、いったい何を、捜査するんですか？」

松本は、再び、警戒するような目になって、いった。

自分たちの管轄する事件を、勝手に取り上げて捜査されては、たまらないという気持ちなのだろう。

「もちろん、こちらの邪魔は、絶対に、いたしません。ただ、できれば、三月二日の事件について、こちらで、どう捜査をされたのか、いったん黒田大輔と荒木豊を重要参考人として、事情聴取しておきながら、どうして、容疑者から外されたのか、その経緯も、できれば、教えていただきたいのですよ」

と、十津川は、丁寧《ていねい》に、いった。

「弱りましたね」

と、松本が、いった。

「これは、あくまでも、われわれ県警の、捜査すべき、事件ですから」

「何回もいいますが、それは、よくわかっています。ですから、すでに捜査済みのことだけで結構なんですよ。それを、教えていただきたい」

と、十津川は、頼んだ。

それでも、松本は、迷っているようだったが、

「仕方がありません。当時の、取調調書だけは、お見せしましょう」

と、やっと、いってくれた。

3

松本警部が見せてくれたのは、去年三月二日の殺人事件についての、黒田大輔と荒木豊の取調調書だった。持っていかれては、困るというので、その調書を、十津川と亀井は、小浜署の中で、読むことにした。

三月二日に起きた殺人事件について、三月四日になると、まず、被害者、水谷精一郎の甥の、黒田大輔が、重要参考人として、任意同行を求められ、翌日の三月五日には、秘書の荒木豊が、同じように、任意同行を求められた。

まず、黒田大輔の調書には、特記として、こう書かれていた。

市会議員の水谷精一郎と、甥の黒田大輔は、仲が悪く、ケンカが絶えなかった。そのことで、黒田大輔は、叔父の水谷精一郎を恨んでいて、三月二日夜、祭りの途中で、水谷を、殴《なぐ》って殺したものと思われる。

それが、殺人の動機と書かれていた。

秘書の荒木豊の動機は、政治がらみだった。

荒木豊は、市会議員の水谷精一郎が、なかなか、引退をせず、地盤を、譲《ゆず》ってくれないことに、腹を立てていた。

荒木は、何回も、約束を反古《ほご》にされていて、水谷を、恨んでおり、水谷が死ねば、自分が市会議員になれる。そう考えて、祭りの夜に、水谷精一郎を、殺したものと思われる。

さらに、選挙資金のうちから、二千万円を流用した、という噂もあり、後継そのものの話が立ち消えになっていた可能性もあった。

それが、県警の考えた、荒木豊の動機だった。

調書を読んでいくと、こちらの県警が、相当の自信を持って、黒田大輔と、荒木豊を、事情聴取したことが感じられる。どちらかが、真犯人に違いない、そう思っていたようである。

しかし、どちらも、アリバイ証明ができてしまって、帰宅させざるを得なかったと、調書には、書かれていた。

まず、黒田大輔のアリバイだが、そのアリバイの証言者は、意外にも、香織だった。香織が、三月二日の事件の際、自分は黒田と一緒にいたと、進んで証言した。

そのために、県警は、黒田を容疑者から外さざるを得なかったと、調書には書いてある。

もう一人の荒木豊のアリバイについては、こう書かれていた。

水谷精一郎の、指示を受けて、水谷の後援者と会って、二年後に迫った選挙について、相談していたというのである。

その後援者は、小浜市内の建設業者で、以前、水谷議員に、賄賂《わいろ》を贈った疑惑がささやかれていた男なので、荒木豊のアリバイについて、最初は、証言することを拒《こば》んでいたのだが、そのうちに、荒木豊が、アリバイが証明されないと、殺人犯として逮捕、起訴されてしまうかも知れない、と考えて、やっと、証言してくれた。

それで、荒木は、容疑者から外されたと、書かれていた。

荒木豊は、その夜、後援者と、京都に行き、そこで、一泊している。京都のホテルの証言が、取れたので、このアリバイは、完璧《かんぺき》になった。

したがって、荒木豊は、容疑者から外さざるを得なかった。

その調書を読み終わってから、十津川は、もう一度、松本警部に会った。

「調書を見せていただいて、感謝しています。ただ、一カ所、不審な点があるのですが、質問をしても、よろしいでしょうか？」

と、十津川は、いった。

「構いませんが、どこが不審ですか？」

と、松本が、きく。

「黒田大輔のアリバイの証言者として、佐伯香織さんの名前が載《の》っていますが、この件について、私たちは、話をきいたことがなかったんです。どうして、この証言が、公《おおやけ》にならなかったんでしょうか？」

と、十津川が、きいた。

「別に、そういう証言は、マスコミに、発表する必要は、ありませんからね」

と、松本が、いう。

「しかし、私は、香織さん自身からも、このアリバイ証言について、きいていないのですよ。なぜ、二人は、黙っているんでしょうか？　すでに、二人にとっては、終わった、事件でしょうに」

と、十津川が、いった。

「それについては、いろいろと、問題がありますから」

と松本が、言葉を濁《にご》した。

「ひょっとして、香織さんの証言が、スキャンダルになるかも知れない、そういう配慮が、あったからじゃないですか？　この事件の時、まだ、香織さんは、荒木豊の奥さんですからね。三月二日、その荒木豊は、水谷議員の後援者と二人で、京都に行っているわけでしょう。その間に、奥さんのほうは、昔の同人雑誌仲間の黒田と、会っていて、しかも、黒田の三月二日の夜の、アリバイを証言することは、夜も、会っていたことになるから、不倫の匂いがする。だから、この証言は、公にされなかった。そういうことじゃ、ないんですか？」

と、十津川は、きいた。

「弱りましたね」

と、松本は、いい、その後、

「荒木豊と奥さんの香織は、今は、離婚しているんです。前々から、二人の仲は、うまくいっていなかったということも、あるかも知れませんが、この時の、黒田大輔についてのアリバイ証言が、離婚の決定的な、原因になったことは、間違いないんです。ですから、それを、公にすると、いろいろな方面に、影響があるんでね。それで、調書には、書いてありますが、記者会見では、黙っていたし、誰にも、話していないんです。それは、わかっていただきたい」

と、いった。

「よくわかりました」

と、十津川は、礼をいった。

4

二人は、小浜警察署を出た。

ようやく、北国の小浜も、春めいてきて、市内のところどころで、梅が、開花し始めていた。

すでに、夕闇が、立ち込めていたが、今日は、それほど、寒くはない。

二人は、港に向かって歩いていった。港も、今日は波もなく、穏《おだ》やかである。

沖合いに、船の明かりが、見えた。

東京に比《くら》べると、静かで、落ち着いた街に見える。

二人は、港の見える、小さなレストランに入った。小浜の名物が、何かわからないので、店の壁に掛かっているメニューを見て、シチューとライスを、注文した。

窓から、港の夜景が見える。のどかに、船の汽笛《きてき》がきこえた。

「静かで、いい街ですね。片山が、この小浜の街を、好きだった気持ちが、わかりますよ」

と、亀井が、いった。

「わが故郷か」

と、十津川が、つぶいた。

東京生まれで、東京育ちの十津川には、故郷という概念が、あまりない。そんな十津川にとって、この小浜を、故郷と思える人間が、うらやましい。

シチューとライスが、運ばれてきた。

しばらくの間、二人は黙って、その夕食を食べていたが、亀井が、ナイフとフォークを止めて、

「この小さな、愛すべき街にも、殺人が起きたり、不倫騒動が、あったりするんです

ね」

と、いった。

「カメさんは、去年三月二日の事件で、容疑者とされた黒田大輔と、香織の間に、不倫があったと思うかね？」

と、十津川が、きいた。

「断定はできませんが、何しろ、夫の荒木豊が、京都に行っている時、彼女は、昔の同人誌仲間の、黒田大輔に会っていたわけでしょう？　しかも、夜になっても、一緒にいたからこそ、その時間の、アリバイ証言ができたんです。不倫があったと、疑われても、仕方がありませんよ」

と、亀井が、いった。

「警察の調書によれば、最初のうち、黒田大輔は、そのアリバイについて、話さなかったと、書いている。アリバイは欲しいが、香織を、巻き込むのは、嫌だったからだろう。だから、黙っていた。しかし、どうしても自分を、助けるために、三月二日の夜に、香織と一緒にいたことを、警察に話して、それで、彼女のほうも、一緒にいたことを認めた。調書によれば、そうなっている」

「だから、二人は、不倫を疑われても仕方ないんですよ」

と、亀井が、いった。

「松本警部の話だと、香織とダンナの荒木豊の間は、前から、危なくなっていた。そして、この三月二日のアリバイ証言が、決定的な離婚の原因になったらしい」

「私だって、荒木の立場になれば、妻の浮気、不倫は、許せませんよ。何しろ、自分が仕事で京都に行っている間に、女房が昔の男友だちと一緒に、過ごしていたんですからね。何もなかったとしても、男なら当然、二人の間を、疑うと思いますよ」

と、亀井が、いった。

「片山は、この件について、知っていたんだろうか？」

と、十津川は、いった。

「私は、知っていたと思いますね。もちろん、黒田大輔や香織が、自分のほうから、片山にいったとは、思えません。しかし、片山は、知っていたと思うんです。その上、片山は、昔の同人誌仲間の三浦から、爆発物を、送られています。片山が、あの遺書めいた手紙の中で、自分が死ぬのではないかというような不安を、感じると書いているのも、わかるような気がするんですよ」

と、亀井が、いった。

「片山は、この小浜を愛して、それに、昔の友人たち、つまり、同人雑誌の仲間のために、働こうとしていた。友人を助けようと考えていた。それなのに、友人からは、恨まれるし、自分が、昔愛していた香織と、黒田との間に、不倫関係があるらしいと思うようになった。それで、何が何だか、わからなくなっていたんじゃないのか？それが、あの手紙の中の、迷路に迷い込んでいます、という言葉に、なったんじゃないのかなあ」

と、十津川は、いった。

「私も、そう思いますね」

と、亀井がいう。

十津川は、店内が、禁煙にはなっていないことを確かめてから、遠慮がちに、タバコに火をつけた。

「片山は、あの手紙にもあったように、昔の仲間を大事に思い、彼らのために、有給休暇を使って、この小浜に来ては、三月二日の事件について、調べていた。しかし、その大事にしている友人たちに、自分が裏切られてしまうのではないか、そう思っていたのかも知れないな」

と、十津川は、改めていった。

「私には、その気持ちが、よくわかるんですよ」

と、亀井が、いった。

「そうか。確か、カメさんは、郷里の東北で、昔の恋人に、裏切られたんだっけな」

と、十津川が、いった。

「ずいぶん、昔のことですがね。あの時は、ショックでした。こちらは、懐かしがって、彼女に会っていたというのに、彼女のほうは、私が刑事だということを知っていて、刑事の私を利用して、自分の犯行を、ごまかそうとしていたんですから」

と、亀井が、いった。

「東京生まれの私には、故郷に裏切られるという感じが、よくわからないんだが、そんなに、ショックなことかね？」

と、十津川が、きいた。

「そうですよ。ショックですよ。故郷とか、昔の友人というのは、自分の胸のうちで、どんどん、浄化されていきますからね。ものすごく純粋な、宝みたいに見えてしまうんですよ。その郷里と昔の友人に、裏切られたら、それは、ショックに違いありません。ですから、片山も、裏切られているんじゃないか、そう思って、内心、穏やかじゃなかった、そう思いますね」

と、亀井が、いった。

「いずれにしても、もう一度、同人たちに会って、話をきく必要があるな」

と、十津川は、いった。

5

十津川は、四泊目となるが、小浜にもう一泊することにして、それを携帯で、東京にいる、西本刑事に伝えると、西本は、

「わかりました」

と、いってから、

「実は、こちらで、妙なウワサを、きいたんですが」

と、いった。

「妙なウワサって、どういうことだ？」

「東京の私立探偵の一人が、去年の暮れから今年にかけて、死んだ片山のことを、調べていたというんです」

「それは、単なるウワサなのか、それとも、真実味が、あるのかね？」

と、十津川が、きいた。

「まだ、証拠は、ありませんが、どうも、本当らしいんです。それで、今、全員で、手わけをして、その探偵が、どこの誰なのかを、つきとめようとしているところです」

と、西本が、いった。

「もし、事実なら、ぜひ、その私立探偵に、会ってみたいね。何とか、捜し出してくれ」

と、十津川は、いった。

二人は、そのレストランを出ると、小浜の商店街にある、香織の店に向かって、歩いて行った。

「カメさんは、どう思うね？　死んだ片山のことを調べていた私立探偵が、いたらしいという話なんだが」

と、歩きながら、十津川は、きいた。

「警部は、それが、本当だと思われるんですか？」

「少なくとも、西本たちは、事実だと思って調べている。もし、事実なら、それは、片山を殺した犯人に、結びつくかも知れないよ。片山を殺した犯人が、その私立探偵を雇《やと》って、彼のことを調べていた可能性があるからね」

と、十津川は、いった。

「その点は、私も、同感です。ひょっとすると、片山も、自分が調べられていることを、薄々感づいていたかも知れないですね。だから、なおさら、不安を、感じていたのかも知れません」

と、亀井が、いった。

小浜駅前の商店街に着いた。

〈鯖街道はここから始まる〉という看板に目をやってから、十津川たちは、香織の店に入った。

文具店は、まだ開いていたが、客の姿は、ない。

声をかけると、香織が、出てきた。相変わらず、美しい。

しかし、十津川が、彼女を見る目は、自然と、前とは違うものになっていた。前は、部下の片山刑事が、愛していた女性、そういう目で、見ていたのだが、今度ばかりは、違った目で見てしまう。

不倫の匂いのする女性で、それが原因で、離婚をした女性でもある。

そんな十津川の気持ちが、香織にもわかったとみえて、

「私の顔、何か、おかしいですか?」

と、いって、首を傾《かし》げて見せた。

十津川は、あわてて、

「いや、何も、おかしくありませんよ。実は、もう一度、あなたから、話をききたいと思いましてね。構いませんか？」

と、いった。

「ええ。じゃあ、昨日行った店に、行きましょうか」

と、いって、香織は、サッサと、店の外に出ていった。

昨日の喫茶店に入って、十津川たちは、彼女から、話をきくことになった。

「去年の三月二日の、殺人事件のことなんですが」

と、十津川は、いい、注文したコーヒーを口に運んだ。

香織は、黙って、次の十津川の言葉を待っている。

「あの事件で、黒田大輔さんが、重要参考人として、警察に、任意同行されましたね。それに、当時、あなたが、結婚していた荒木豊さんも、同じように、重要参考人として、事情を、きかれています」

「ええ。でも、それが、どうかしたんでしょうか？　もう、二人とも容疑が晴れて、容疑者じゃありませんけど」

と、香織が、いう。

「そうなんですよ。ただ、黒田大輔さんの容疑が晴れた理由ですが、あなたが、アリバイを証言してくれた。だから、黒田大輔さんの容疑が晴れた。そういう話をきいたんですが、これは、本当の話ですか？」

と、十津川は、きいた。

一瞬、香織は、険《けわ》しい表情になって、

「その話、誰から、おききになったんですか？」

と、きいた。

「誰からきいたのかは、ちょっといえないのですが、このことが、事実かどうか、香織さんに、ききたいんですよ。それで、ちょっと遅い時間だとは、思ったんですが、お訪ねしたんです」

と、十津川が、いった。

「たぶん、この地元の警察で、おききになったんでしょうね」

と、香織は、いってから、

「ええ、確かに私が、黒田大輔さんのアリバイを、証言しました」

と、いった。

「あなたの証言なんですが、問題の三月二日、あなたは、夜までずっと、黒田大輔さんと、一緒だった、そう証言されたんですね？　だから、彼は、アリバイが成立して、容疑が晴れた。しかし、私がきいたところでは、その日、ご主人の荒木豊さんは、殺された水谷議員の後援者と二人で、京都に行って一泊している。ということは、つまり、ご主人のいない間に、あなたは、昔の友だちの黒田大輔さんとずっと一緒に、夜までいた。そういうことになりますね？」

と、十津川が、いうと、また、香織は、キッとした顔になって、

「つまり、十津川さんは、私が、夫に内緒で、不倫をした、そういいたいんですか？」

と、きいた。

「そんなことは、いっていませんが、しかし、それが直接の原因で、荒木さんと、別れることになった。そういう話をきいたんですよ」

と、十津川が、いった。

「わかりませんわ」

と、香織が、いう。

「わからないというのは、どういうことですか？」

と、亀井が、きいた。

「こんなことをきく、刑事さんの気持ちが、わからないんですよ。黒田さんは、私の迷惑になってはいけないと思って、アリバイがあるのに、黙秘《もくひ》していたんですよ。そういうデリケートな問題なのに、どうして、今になって、東京の刑事さんが、蒸《む》し返そうとするのか、私には、わかりませんわ」

と、香織は、怒ったような口調で、いった。

「もちろん、失礼なことは、よくわかっています。しかし、片山刑事が、東京で何者かに殺されています。われわれは、今、その事件を捜査しているのですが、その事件と、去年の三月二日、こちらで起きた殺人事件が関係していると思われる理由が、出てきたのですよ。それでもう一度、こちらの事件について、調べなくてはならなくなったんです」

と、十津川は、いった。

香織は、首を傾げ、

「こちらで起きた事件は、去年の三月二日なんですよ。もう一年以上も、経っているじゃありませんか。一年以上も経ってから、東京で起きた事件が、どうして、一年前の殺人事件と、関係してくるのでしょうか？」

と、疑わしそうな目になって、十津川を見た。

「私にも、それは、わかりません。しかし、もし、関係があるとすれば、どうしても、こちらの事件を、われわれは、調べてみなければならないんですよ。片山刑事は、昔の同人誌仲間でしょう？　だから、あなただって、片山刑事を殺した犯人を、見つけ出したいと、思われているはずですよ。何とか、われわれに、協力していただきたいんです」

と、十津川が、いった。

「ですから、私も、協力しているじゃありませんか？　去年の三月二日の事件については、私だって、いろいろと、辛《つら》い立場にあるんです。それでも、あの時、黒田大輔さんのアリバイについて証言したことを、ちゃんと認めているじゃないですか？　これ以上、いったい何を協力しろというんですか？」

香織の顔が、紅潮していた。腹を立てているのだろう。その気持ちは、十津川にもわからないでは、なかった。

しかし、それに、ひるんでいるわけにはいかなかった。

「死んだ片山刑事のことなんですが、三月二日のこちらの殺人事件について、昔の友人の黒田大輔さんが、任意同行された。その時に、昔の仲間から、黒田を助けろ、同じ刑事なんだから助けられるだろう、そういう手紙や電話を、もらっているんです。しかし、彼は、刑事だからこそ、動けなかったんですよ。そのために、友情がないといって非難されるし、これは、名前はいえませんが、仲間の一人が、片山刑事に、爆発物を送りつけているんですよ。今になって、そのことが、はっきりしました。そんなことをされながらも、彼は、休みを取っては、この小浜に来て、犯人を、見つけようと、努力していたんです。こちらで調べたところでは、彼は、去年の三月以降、今年にかけて二十二日間も、休暇を取って、こちらにきたと、思われるんです。きっと、片山刑事は、あなたにも、何回か、会っているはずなんですが、お会いになっていませんか？」

と、十津川が、きいた。

「私は、そんな二十二回も、片山さんには、会っていませんわ」

と、香織が、いった。

「しかし、何回かは、お会いになっているんでしょう？」

と、亀井が、きいた。

「ええ、何回かは」

「会った時、彼は、どんなことを、あなたに、話していたんですか？　というか、どんなことを、あなたに、きいていたといっても、いいんですが、それを話して貰《もら》えませんか」

と、十津川が、いった。

「何を、片山さんが、話していたかといわれても、とっさには、思い出せないんです。黒田さんが、容疑が晴れた時には、よかった、よかったといって、喜んでいましたよ。それは、よく覚えているんです。しかし、そのほかのことは、よく覚えていません」

と、香織が、いう。

「しかし、彼が、去年から今年にかけて、小浜の事件について、調べていたことは、間違いないんです。あなたにも、いろいろと話していたんじゃありませんか?」

「今、思い出そうとしているんですけど、あの事件について片山さんから、何かきかれた記憶が、あまり、ないんです。彼が、休暇を取っては、小浜に来て、事件について調べていたといっても、私には、直接きけなかったんじゃないでしょうか?」

と、香織は、いった。

確かに、そういうことは、あるかも知れないと、十津川も、思った。

片山は、明らかに、今、目の前にいる香織を好きだった。好きだったら、なおさら、殺人事件について、きくことは、はばかられただろう。

特に、香織は、三月二日の時点で、容疑者になった荒木豊の、妻という立場だから、一層、片山は、事件について、彼女に、ききづらかったのかも知れない。

もちろん、片山は、会うたびに、事件について、彼女に、きいていたが、彼女のほうが、今、それを、否定しているのかも知れなかった。

「現在、黒田大輔さんは、行方不明ということになっていますが、あなたは、彼の居《い》所《どころ》を知っているんじゃありませんか？」

と、十津川が、きいた。

香織は、また、当惑の表情になって、

「知りません。なぜ、私が、知っているようなことをおっしゃるのでしょうか？　もし、知っていれば、知っているといいますわ」

と、香織は、強い口調で、いった。

「所在を知らなくても、何か、連絡があるんじゃありませんか？」

「連絡も、ありません。ウソは、いっていませんわ」

と、香織が、いった。

「同じ同人の、木村雄介さんは、この小浜にいるわけだから、今でも、時々お会いになっているんじゃありませんか？」

と、十津川は、きいた。

「そんなには、会っていませんけど、時々は、顔を合わせることは、ありますわ。同じ街に住んでいるんですから」

「その時に、どんな話が出るんですか？　問題の事件について、話すことがありますか？」

と、十津川が、きいた。

「私たちにとって、忘れたいことですから、会っても、事件の話は、あまりしません。何しろ、事件に絡《から》んで、黒田さんは、行方不明になってしまいましたし、事件とは、関係ないかも知れませんけど、三浦さんは、入院してしまっていますし」

と、香織が、いった。

「別れた荒木豊さんとは、どうなんですか？　今、荒木さんは、何をしているんですかね？　知っていたら、教えてもらえませんか？」

と、十津川が、いった。

「彼は、今、来年の選挙のことで、頭が、いっぱいじゃないでしょうか？　彼は、亡くなった水谷議員の後を継いで、市議会議員の選挙に、出ることになっていますから」

と、香織が、いった。

「状況は、どうなんですか？　当選しそうですか？」

と、亀井が、きいた。

「たぶん、当選すると思います。亡くなった水谷さんは、この街では、有力者だったし、その秘書だったんですから、その後を継ぐといえば、人情に厚い街ですから、たくさんの票が、彼に入ると思いますわ」

もし、荒木が当選するとすれば、彼は、実質的に、三月二日の事件で、いちばん得をした人間ということになるのだろうか？

「あなた自身のことを、話してもらえませんか？」

と、十津川が、いった。

「私のこと？　どういうことでしょうか？」

と、香織が、きき直す。

「あなたは、現在、おひとりですよね？　まだ若いし、お世辞《せじ》ではなく、あなたには、魅力がある。だから、これからどうしようと、思っているのか、それをききたいんですよ」

と、十津川は、いった。

「今のところ、何も考えていませんわ」

と、香織は、いった。

「しばらくは、この小浜の街に、いらっしゃるということですか？」

と、亀井が、きいた。

「ええ、私は、この小浜の街が、好きですし、今のところ、この街を離れるつもりは、ないんです」

「歌は、今でも、作っていますか？」

と、十津川が、きいた。

「歌って、何のことでしょうか？」

「短歌ですよ。この小浜は、山川登美子が生まれた街で、あなたも、現代の山川登美子と呼ばれていた。同人だった片山刑事は、高校時代、あなたに、憧れていたと思われるんですよ。そして、あなたの短歌を愛していた。私は、こんなことも考えているんです。山川登美子は、実は、与謝野鉄幹を愛していた。しかし、親の勧める結婚をした。その夫は、彼女が若いうちに、死んでしまった。死別です。そうしたところが、あなたに、似ているような気がするんですよ。あなたも、荒木豊という男と、結婚したが、別れてしまった。あなたも、山川登美子も、若いうちに、夫と別れて、あるいは、死別して、独身になっている。そういう点が、よく似ているような気がするんです」

と、十津川が、いうと、香織は、笑って、

「山川登美子に、似ているでしょうか？　私自身は、似ていないと、思いますけど」

と、いった。

「似ていませんか？」

「ええ。死別と、ただの離婚とは、ずいぶん違います」

と、香織は、いう。

「確かに、違いますが、しかし、私は、こうも考えるんですよ。山川登美子は、夫と死別した。死別ということになると、どうしても、亡くなった夫のことが、思い出されて、それもいいことを、思い出すんじゃないのか。しかし、あなたのように、離婚をしたとなると、もう、夫のことは忘れて、新しい恋が、生まれるんじゃないか、新しい人生が、生まれてくるんじゃないか、そんなふうに考えるんですが、どうでしょうか？」

と、十津川は、きいた。

香織は、また笑って、

「さあ、どうでしょうか。いずれにしても、これからの私の人生は、私のものですから、刑事さんに、いろいろと、考えていただかなくても、結構ですけど」

と、いった。

顔は笑っているが、十津川の言葉を、はっきりと、拒否しているような、感じでもあった。

第五章　私立探偵

1

私立探偵や調査会社と、警察は、もともと、あまり仲が良くないといわれていた。どこかで競争する職業だからだろう。

そこで、十津川は、問題の私立探偵を、別の私立探偵に、調べてもらうことにした。同じ捜査一課の刑事だった橋本豊《はしもとゆたか》という男が、現在、東京で私立探偵をやっている。その橋本に頼むことにしたのだ。

帰京した十津川は、橋本の私立探偵事務所を訪ね、調査を依頼した。

「捜査一課の片山刑事が、無理心中に見せかけて、殺された」

と、十津川が、いうと、橋本は、うなずいて、

「その事件なら、知っていますよ。どう見ても、おかしな事件でしたね」

と、いった。

「われわれは、片山が殺されたと、思っている。その片山を、東京の私立探偵が調べていた節《ふし》があるんだ。君には、どこの私立探偵が、片山のことを調べていたのか、それを、洗ってみて欲しいんだ。謝礼は、私が個人的に払うから」

と、十津川が、いった。

「すぐに調べましょう」

と、橋本が、いう。

「ただ、これは、内密にやって欲しいんだよ。君自身が、同業者に恨まれて、仕事がやりにくくなると、困るからね」

と、十津川は、念を押した。

「これは、簡単にわかると、思いますね」

と、橋本が、いった。

「何しろ、私立探偵が、刑事のことを調べるなんて、そう滅多《めった》にあることじゃありません。そんなことをすれば、すぐに目立ちますからね」

と、橋本が、いう。

「期待しているよ」

と、十津川は、いった。

橋本の言葉は、ウソではなかった。二日もすると、橋本から、電話があって、

「問題の私立探偵が、わかりましたよ。中西進《なかにしすすむ》という四十歳の私立探偵で、神田《かんだ》の雑居ビルの中に、事務所を持っています。典型的な一匹狼ですね。以前に一度、恐喝で、逮捕されたことがあります。そのためかどうかは、わかりませんが、私立探偵に、いちばん必要な、信用がないので、ほとんど仕事がなかったようです。それで、金を積まれて、現職の刑事の尾行をしたり、調べたりしていたんだと、私は、思いますね」

と、いった。

「それだけわかればいい。これから先は、私がやるよ」

と、十津川が、いった。

「この男が、片山刑事のことを、調べていたのは間違いありませんが、依頼主のことは、なかなかしゃべらないと、思いますね」

と、橋本が、いった。

十津川は、亀井を連れて、神田にある、中西の事務所を訪ねた。橋本がいったよう

に、五階建ての、雑居ビルの二階にある、小さな事務所だった。

二人が事務所に入り、十津川が、警察手帳を示すと、中西は、日焼けした浅黒い顔に、少しばかり、怯《おび》えの表情を見せたが、

「刑事さんが、何の用かね？」

と、挑戦的な態度に出てきた。

「まあ、ゆっくり話し合おうじゃないか」

と、十津川が、いい、亀井が、傍《そば》から、

「私たちが来た理由は、わかっているはずだ」

と、頭ごなしに、いった。

向かい合って腰を下ろすと、

「俺《おれ》には、何のことか、わからないんだがなあ」

と、中西が、とぼけたことを、いった。

「私はね、あんたを逮捕したいとは、思わない。しかし、事と次第によっては、逮捕令状を、持ってこなくては、ならないことになる。それも、殺人の共犯としてだよ」

と、十津川は、いった。

「俺が、何をしたというんだ？」

と、中西が、いう。

「あんたは、誰かに頼まれて、警視庁捜査一課の、片山刑事のことを、調べていた。否定してもダメだよ。あんたが、調べていたことは、わかっているんだ。その片山刑事が、殺されてしまった。われわれは今、この殺人事件の捜査をしている。あんたは、依頼主と一緒になって、片山刑事を、殺したんじゃないか、われわれは、そういう疑いを、持っている。だから、今もいったように、われわれに、協力しなければ、あんたを、殺人の共犯として、逮捕することになる」

と、十津川は、いった。

「捜査一課の刑事が、どうのこうのといっているけど、俺には、いったい、何のことだか、わからないね」

と、中西が、いった。

「とぼけてもダメだと、いってるんだ。あんたが、片山刑事のことを、調べていたのは、わかっているんだよ。証人もいる。警察と私立探偵というのは、もともと仲が悪いと決まっているが、私は、そうは考えていないんだよ。あんたが、依頼主に頼まれて、刑事のことを調べようと、それは、あんたの勝手だ。私は、あんたの職業を尊重する。しかし、事が、殺人事件になれば、話は別だ。こうなった以上、あんたが取るべき道は、ひとつしかない。われわれに、協力するか、協力を拒否して、殺人の共犯として逮捕され、刑務所送りになるか、そのどちらかだ。今すぐ、どちらにするか、決心してもらいたい」

　と、十津川が、いった。

「すぐにでも、あんたの逮捕令状は、取れるんだぞ」

　と、亀井が、傍から、脅《おど》かした。

　中西は、視線をそらして、少し黙っていたが、

「俺は、殺人事件だなんて、きいていなかった」

　と、いった。

「きいていなかったって、誰にきいていなかったんだ？」

　と、十津川が、きいた。

「とにかく、俺は、殺人事件だなんて、きいていないし、思ってもいない。本当に、あんたのいう刑事は、殺されたのか？　証拠は、あるのか？」

　と、中西が、きいた。

「間違いなく、片山刑事は、殺されたんだ。それも、無理心中に見せかけられてだ。そんなことは、あんたには、よくわかっているはずだ」

と、十津川が、いった。

「本当に、俺を逮捕できるのか？」

「だから、いっているじゃないか。今日中に、あんたの逮捕状を、取れるんだよ。殺人の共犯者としての逮捕状だ」

と、亀井が、中西を睨《にら》んで、いった。

中西は、また、黙ってしまった。

「もし、あんたたちに、協力したら、俺は、どうなるんだ？」

と、しばらくして、中西が、きいた。

「今もいったように、私は、君の職業を尊重する。だから、君が、依頼主に頼まれて、現職の刑事のことを、調べていたとしても、それについては、何も文句はいわない。もし、あんたが、われわれに、協力すれば、この件以外は、不問に付す。それで、どうかね？」

と、十津川が、いった。

「協力するって、具体的に、どうしたらいいんだ？」

と、中西が、きいた。

「まず、あんたは、片山刑事のことを調べていた、そのことは、認めるんだね？」

十津川が、改めて、きいた。

「ああ、認めるよ。しかし、これは、仕事だ。どんな仕事でも、依頼があれば、引き受ける。それが悪いとは、思わないからな」

と、中西が、いった。

「依頼主は、誰なんだ？」

十津川が、きいた。

「それは、いえない。職業上の倫理というものがある。依頼主の名前は、絶対にいえないんだ」

と、中西が、いった。

「職業倫理か。しかし、事が殺人事件だったら、そんなことも、いっていられないだろう？　もし、あんたが、依頼主の名前をいわなければ、われわれは、あんたを、殺人の共犯で逮捕しなければならなくなる。それでもよければ、依頼主の名前を、いわなくてもいいぞ」

十津川は、脅かすように、いった。

「依頼主の名前以外は、何でも警察に協力しますよ。それで勘弁してくれませんかね？」

中西は、急に、丁寧な口調になった。

「じゃあ、最初から話してもらおうか」

と、十津川が、いった。

「最初からって、どこから話せばいいんですか？」

「あんたは、依頼主から、片山刑事のことを調べて欲しいと、いわれたんだろう？　そのことから、話してもらおうじゃないか。いつ、依頼があったんだ？　電話で、依頼されたのか、それとも、依頼主が直接、この事務所に、来ていったのか、その辺から、話してもらおうじゃないか」

と、十津川が、いった。

「最初に電話があったのは、確か、去年の、十月の下旬でした」

「十月の何日だったのか、正確な日にちが、知りたいんだ」

と、十津川が、いうと、中西は、机の引出しから、手帳を取り出して、ページを繰《く》っていたが、

「十月の、二十一日ですよ。その日に最初の電話が、あったんだ。そして〈料金はいくらかかってもいいから、現在、警視庁の捜査一課にいる、片山という刑事について、調べて欲しい〉、そういわれたんですよ」

と、いった。

「それで、すぐに、オーケーしたのか？」

と、亀井が、きく。

「最初は、断わりましたよ。何しろ、現職の刑事を、調べろというのですからね。われわれ私立探偵というのは、警察に睨まれたら、仕事ができませんから。そうしたら、相手がいうんですよ。〈その片山という刑事は、いわゆる悪徳刑事で、人妻とわかっているのに、手を出して困っている。権力をカサにきているので、こちらとしても、対応に苦慮している。それで何とか、片山刑事のことを調べて欲しい。毎日何をしているのか、どんな性格なのか、現在、ほかに彼女がいるのかどうか。とにかく、片山刑事のすべてを調べて欲しい〉、そういわれたんですよ。そして〈調べてもらえれば、五百万円払う〉と、いわれたんですよ」

と、中西は、いった。

「片山刑事が、悪徳刑事だということを、信用したのか？」

十津川が、きいた。

「まあ、最近、悪い刑事が、たくさんいますからね。そういう刑事なら、調べてやるのが、かえって、世の中のために、なるんじゃないのか、そう考えて、依頼を引き受けることにしたんですよ」

と、中西は、いった。

「五百万円に釣られたんじゃないのか？」

と、亀井が、いった。

中西は、小さく笑って、

「誰だって、金が欲しいでしょう？　俺だって、金が欲しい」

「しかし、電話だけで、引き受けたのかね？　五百万円払うといったって、本当に払うかどうか、わからんじゃないか？」

と、十津川が、いった。

「電話を切ってからすぐ、俺の口座に、百万円振り込まれたんですよ。それで、信用したんだ」

中西が、いう。

「その依頼主の、名前はいえないとしても、どこの銀行から、振り込まれたのか、それぐらいは、いってもいいんじゃないのか？」

と、十津川が、いった。

「刑事さんには、大体の想像が、ついているんじゃないですか？」

と、中西は、うかがうように、十津川を見た。

十津川は、苦笑して、

「たぶん、福井県の小浜にある銀行から振り込まれたんじゃないのか？」

と、いった。

「やっぱり、わかっているんじゃないですか。確かに、小浜から、振り込まれましたよ」

「片山刑事のことを、あんたは、いつまで調べていたんだ？」

亀井が、きいた。

「俺が調べていたのは、去年の十月二十一日に、依頼を受けてから、今年の二月の末までですよ。二月の末に、報告書を送ったら、〈もういい〉という電話があったので、調査を、打ち切ったんです」

と、中西は、いった。

「それで、残りの四百万円は、振り込まれたのかね？」

と、十津川が、きいた。

「それから、五日経《た》って、四百万円は間違いなく、振り込まれましたよ。この依頼主は、ちゃんと、五百万円払ったんだ。だから、何としても、この依頼主の名前は、いえないんですよ」

と、中西は、いった。

「もう一度確認するが、電話で依頼を受けたのは、去年の十月二十一日、そして、今年の二月末まで、片山刑事のことを、調べていたんだな？」

十津川が、念を押した。

「そうですよ。それで、おしまいですよ。それで、打ち切ったんです」

と、中西は、いった。

「それじゃあ、調査の内容に、いこうじゃないか。具体的にきくが、片山刑事は、去年の九月に、クラブホステスの、広瀬ゆかりという女を助けている。あんたは、そのことも、調べて報告したのか？」

と、十津川が、きいた。

「ああ、あの女性のことね。それなら、ちゃんと調べて、報告しましたよ。依頼主のほうは、〈片山刑事の女性関係について、特によく調べてくれ〉と、いっていましたからね。俺が調べたところ、女性の影らしいものは、あの広瀬ゆかりしか、浮かんでこなかった。だから、具体的に、広瀬ゆかりのことを調べて、写真つきで、報告しましたよ」

中西は、やや得意げに、いった。

「具体的にというと、どういうことだ？」

と、亀井が、きいた。

「文字通り、具体的にですよ。勤めているクラブの名前、それに、住所、月給、年齢、身長、体重、性格など、彼女に関する、あらゆることを、調べて、報告したんですよ」

「それを報告したのは、いつのことだ？」

と、十津川が、きいた。

「今年に入ってからでしたね。二月の、確か五日か六日に、彼女のことが、全部わかったので、写真と経歴を入れて、郵送したんですよ、依頼主に」

と、中西は、いった。

「二月の五日か、六日、それは、間違いないんだな？」

「ええ、間違いありませんよ」

と、中西は、いった。

「その後、依頼主から、ほかに、何を調べてもらいたいという、依頼があったんだ？」

と、十津川が、きいた。

「そうですね。片山刑事が、その広瀬ゆかりを助けた後、二人が、会っているのかどうか、それも、調べてくれと、いわれましたよ。それから、片山刑事の住所と、広瀬ゆかりの住所が、どのくらい、離れているのか、車で行けばどのくらいで、行けるのか、そんなことも、きかれましたね。それも、調べて報告しましたよ」

と、中西は、いった。

「三月九日に、事件があったのは、知っているね？」

十津川が、きいた。

「もちろん、知っていますよ。何しろ、俺が調べた、片山刑事が、広瀬ゆかりと、無理心中したんですからね。あ、やっぱり、こいつは、悪徳刑事だったんだなと思いましたよ」

と、中西が、いった。

「何をバカなことを、いっているんだ！」

と、亀井が、怒鳴《どな》った。

中西は、首をすくめるようにして、

「怒鳴られても、困りますね。あれは、どう見たって無理心中だった。新聞だって、そう書いているじゃないですか。自分が助けたホステスに、ストーカー行為を働いて、挙句《あげく》の果てに無理心中。そんなことをすれば、悪徳刑事に、決まっているじゃありませんか？」

と、中西が、いった。

十津川は、苦笑して、

「あんただって、もういい歳《とし》だろう？　その歳で、あの事件を、単なる無理心中だと、思ったのかね？　そうじゃないだろう？　これは、何か仕組まれた事件だ、そう思ったんじゃないのかね？」

と、きいた。

「そういわれれば、確かに、ちょっとおかしなところも、ありましたけどね」

と、中西が、いった。

「どこが、おかしいと、思ったんだ？」

と、亀井が、きく。

「何しろ、俺が、五百万円もらって調べた、片山刑事の話だし、それに、あれは、広瀬ゆかりが、片山刑事に助けられたということを、報告した後に、起こった事件ですからね。何かおかしいなとは、思ったけど、今もいったように、何しろ、新聞が、無理心中だと、書いているんだ。それを信じるのが普通じゃないですか？」

中西のほうも、怒ったような口調で、いった。

「ちょっと待てよ」

と、急に、十津川が、強い目で、中西を見た。

「あんたは、二月いっぱいで、調べるのを止《や》めた、調査を打ち切った。それは、依頼主から〈もう調べを、打ち切ってくれ〉と、いわれたから、打ち切ったんだろう？そして、あんたは、残りの四百万円をもらった。あんたは今、そういったね？」

「事実だから、そういったんですよ。だから、もう、あの調査とは、俺は何の関係もない。関わりがもうないんだ。それを、今になって、殺人の共犯だなんていわれても、困るんですよ」

と、中西は、いった。

「本当に、それだけなのか？」

と、十津川が、いった。

「それだけですよ」

「本当に、それだけなんだな？」

十津川が、さらに、くどく念を押すと、急に、中西は、横を、向いてしまった。

2

「あんたは、この件の依頼主の名前を知っている。そうだね？」

と、十津川が、いった。

「いや、名前は、わからない。何しろ、電話で、依頼されたんだし、調査報告書も、小浜の郵便局の、私書箱宛てに送っているんだ。だから、依頼主の名前なんて、俺は、知らないよ」

と、中西は、いった。

「いや、あんたは、知っているはずだ。あんたは今、二月末で、調査を終わったと、いっている。その直後、あんたは、三月九日に、片山刑事と広瀬ゆかりが、死んだのを知った。どちらも、あんたが、調べて報告した名前じゃないか。今、あんたは、少しは疑ったと、いったじゃないか。疑えば、誰だって、あの無理心中が、作られたものじゃないかと、思うよ。もちろん、あんたも、そう疑ったんだ。そこで、あんたは、何をしたのか。依頼主を調べ出して、脅かしたんじゃないのか？」

と、十津川が、いった。

「そんなことは、していない」

中西が、強く否定した。

「いや、あんたは、相手の名前を調べて、脅かしたんだ」

と、十津川は、いった。

「あんたは、たぶん、小浜に行ったんだ。そして、依頼主に、会って脅かしたんだ。いくら払えといったのかはわからないが、たぶん、一千万円ぐらい、要求したんじゃないのかね？　そして、払わなければ、自分が頼まれて、片山刑事のことを調べ、広瀬ゆかりのことも調べて、依頼主に報告した、そのことを、警察に行って話すと、脅かしたんじゃないのか？」

と、十津川が、きいた。

中西が、また、黙ってしまった。

「黙ってしまったところを見ると、強請《ゆす》った金額は、大金だな。一千万円じゃないな。二千万円か、三千万円か、そのくらいは、強請ったんじゃないのか？　だから、あんたは、職務上の倫理だとか、何とかいって、われわれに、依頼主の名前を、しゃべらないんだ。もし、しゃべれば、あんたの強請りも、わかってしまう。そうなんだろう？　それが怖くて、真実がしゃべれないんじゃないのか？　あんたは、以前、恐喝で、逮捕されたことがある。今度また、強請りで、逮捕されれば、何年かは、間違いなく、刑務所行きだ。それが怖くて、依頼主の名前が、いえないいんじゃないのかね？」

と、十津川が、いった。

「いや、強請りなんかしていない。神に誓って、何もしていない！」

中西が、叫ぶように、いった。

「まあ、いいだろう。今日は、これ以上きかないが、もし、逃げようとしたら、容赦《ようしゃ》なく逮捕するからな。しばらくの間、ここから動かずにいろ」

と、十津川は、命令した。

捜査本部に戻ると、十津川が、

「あの男は、間違いなく、依頼主を、知っているよ」

と、いった。

「警部のいわれる通りでしょうね。顔色が変わりましたから。五百万円ももらったことに味をしめて、間違いなく、あの男は、依頼主を、強請ったんですよ」

と、亀井も、いった。

「強請った金額は、たぶん、一千万単位だろう。だから、恐喝で逮捕されるのが怖くて、依頼主、つまり、強請った相手の名前がいえないんだ」

と、十津川が、いった。

「いっそのこと、殺人の共犯で、逮捕したらどうでしょうか？　そうすれば、依頼主の名前を、いうんじゃありませんか？」

と、亀井が、いった。

「依頼主の名前は、大体、想像がつくんだ」

「誰のことを、考えていらっしゃるんですか？」

「片山刑事の昔の仲間さ。同人雑誌の仲間だ。それか、その仲間の周辺にいる連中だろう」

と、十津川が、いった。

「私は、そうは、考えたくありませんね。だって、そうでしょう、片山は、昔の仲間のために、必死になって、犯人捜しをしたんですよ。向こうの警察に疑われた仲間を、助けようと思ってですよ。それに、片山は、郷里の小浜を愛していた。その郷里のために、片山は、休暇を取ってまで、小浜に行って、真犯人を捕まえようとしたんですよ。警部は、そんな片山を、昔の仲間が、殺したというんですか？」

と、亀井が、いった。

「もちろん、私だって、君と同じように、片山の仲間が、彼を殺したなんて、思いたくないさ」

「今度の事件の原因は、やはり、去年三月二日の、小浜の神事の中での、殺人事件にあると、思われますか？」

と、亀井が、きいた。

「もちろん、三月二日の事件が、原因になっていると、思っている」

と、十津川が、いった。

「あの事件では、まだ、犯人が、逮捕されていないと、県警は、いっていましたが」

「ああ、いまだに、犯人は、逮捕されていないんだ」

「片山は、郷里の小浜の名誉のためと、仲間を助けたいと思って、時々、小浜に行っては、調べていたわけでしょう？　それで、彼は、真犯人にたどりついたんでしょうか？」

と、亀井が、きいた。

「真犯人に、たどりついたかどうかは、わからない。しかし、犯人に近づいたことは、間違いないんだ。私は、そう思っている。それがたぶん、去年の十月の二十一日近くだと、思う。その頃、片山は、何回目かの小浜行きを実行していて、そこで、偶然にかどうかは、わからないが、犯人に近づいたんだ。だから、犯人はあわてて、片山のことを、私立探偵の中西に、頼んで調べさせた。特に、女性関係をね」

と、十津川が、いった。

「それで、警部は、真犯人は、誰だと思われますか？」

と、亀井が、きいた。

「真犯人が誰かなんて、今の私に、わかるはずがない。何しろ、私自身は、三月二日の事件について、ほとんど、調べていないんだからね。その事件については、県警にきいただけなんだ。しかし、私は、こう思っている。真犯人は、たぶん、片山の昔の友人か、その周辺に、いるんだ。そして、これも、たぶんだが、片山も、今年になってそのことに、薄々、気がついたんじゃないのかな？　真犯人の名前は、わからないとしても、漠然《ばくぜん》とだが、自分の捜している犯人が、自分の昔の友人の中に、いるんじゃないのか、そう疑ったからこそ、自分が殺されるかも知れない、そう思い始めたんだと、思うね」

と、十津川が、いった。

「それで、自分が殺される時に備えて、新聞や日記や、そのほかのものをすべて、妹さんに、預けたんでしょうね？」

「そうだと、思うね。それに、私宛ての遺書も書いた」

と、十津川は、いった。

「しかしですね」

と、亀井は、暗い表情になって、いった。

「カメさんのいいたいことは、わかっているよ」

と、十津川は、いった。

「わかりますか？」

「わかるさ。片山は、広瀬ゆかりとの、無理心中に見せかけられて、殺された。あんなことを、一人の人間が、できるはずはない。とすれば、何人かでやったに、違いない。もし、真犯人が、片山の友人だとすれば、その友人の一人が、やったんじゃない。二人か三人、あるいは、全員で、やったのかも知れない。カメさんは、そのことを、いいたいんだろう？」

「その通りです。そうなると、ますます、悲しいじゃないですか。片山のヤツは、郷里に帰って、必死になって、自分の友人への疑いを、晴らそうとして、調べ回った。ところが、その友人たちに、寄ってたかって、殺されたとすれば、こんなに、悲しいことは、ないじゃありませんか？　まるで、片山は、彼の愛していた郷里に、裏切られたようなものじゃありませんか?」

亀井が、激しい口調で、いった。

3

翌日、十津川は、三上本部長に、再度の小浜行きを嘆願した。

「私たちは、片山刑事が、無理心中に見せかけられて殺されたと、今でも考えております。そして、その犯人は、現在、小浜にいるはずです。ですから、小浜に行かせてください」

と、十津川が、いった。

「しかし、小浜では、県警が、捜査しているんじゃないのか? だとすれば、向こうの県警の許可を得なければ、勝手に調べることはできないぞ」

と、三上が、いう。

「それは、わかっています。ですから、私も、向こうの県警の、協力を仰《あお》ぐつもりです」

「君たちが、大挙して押しかけたら、県警の心証を、悪くするだろう。行くのならば、君と亀井刑事の二人だけで、行ってきたまえ」

と、三上が、条件をつけた。

十津川自身も、捜査本部の刑事全員を連れて、小浜に行くことは、最初から考えていなかった。

十津川は、三上にいわれた通り、亀井と二人だけで行くことにして、捜査本部に残る西本には、

「私立探偵の中西を、監視していてくれ。もし、彼が逃げるようなことがあれば、すぐに逮捕しろ」

と、命じておいた。

その後、十津川は、亀井と二人で、小浜に向かった。

その列車の中で、十津川は、自分の手帳に書いた文字を、亀井に見せた。そこには、

（十月二十日）

と、書いてある。

「去年の十月二十日に、片山が休暇を、取っているんだ。理由は、友人の結婚式のためと、書いてある。しかし、これは、ウソだな」

と、十津川は、いった。

「やはり、小浜行きですか？」

と、亀井が、きく。

「そうだよ。小浜に行って、友人のために、去年の三月二日の事件について、調べているんだ。この十月二十日の翌日、十月二十一日に、小浜の誰かが、あの中西という私立探偵に、片山のことを、調べてくれるように、調査を、依頼している」

と、十津川が、いった。

小浜駅で降りると、二人は、まっすぐ、小浜警察署に向かった。警察の中には、相変わらず、去年の三月二日の事件の、捜査本部の看板が、かかっていた。すでに、一年以上が、たっているのだ。

十津川たちは、この事件を担当している県警の、松本警部に会った。以前にも会っているから、顔見知りである。

松本は、十津川がきくよりも先に、

「まだ、新しい容疑者は、見つかっていません。相変わらず、捜査は、壁にぶつかっていますよ。残念ですが」

と、いった。

「しかし、捜査の範囲は、絞られているんでしょう？」

と、十津川が、きいた。

「殺されたのが、市会議員の水谷精一郎ですからね。その関係者の中に、犯人がいることは、まず、間違いないんです。それ以外に、犯人はいないと、確信しています。しかし、容疑者は何人かいても、確信を持って、これが、犯人といえる人間が、いないんですよ」

と、松本は、いった。

「確か、以前には、被害者の秘書の、荒木豊と、被害者の甥の、黒田大輔の二人が、重要参考人になっていましたね？」

と、十津川が、いった。

「あの二人には、かなり自信を持っていたんですが、どちらも、アリバイが成立してしまって、帰宅させざるを、得ませんでした。しかし、今でも、あの二人のうちの、どちらかが、犯人ではないか、そう思っている刑事も、いるんですよ」

と、松本は、いった。

その後で、松本は、

「ところで、十津川さんは、今日は、何をしに、いらっしゃったんですか？　まさか、壁にぶつかっている、われわれ県警の刑事たちを、笑いに、いらっしゃったんじゃないでしょうね？」

　と、皮肉な目つきで、十津川を見た。

「とんでもない。そんな気持ちは、まったくありません。前にも、お話ししましたが、私たちは、東京で殺された、片山という刑事の事件を捜査しています。これも前にもお話ししましたが、その東京の事件とこちらの事件とが、どこかで結びついているのではないか、そう思っているんですよ。それを、再確認したくて、今日は、うかがったんです」

　と、十津川は、いった。

「しかし、二つの事件が、どうつながっているというのですか？　私には、よくわかりませんがね」

　と、松本が、いった。

「東京で殺された片山刑事は、昔、小浜の高校で、同人雑誌をやっていました。その同人雑誌の仲間の一人である、黒田大輔が、こちらで殺人事件の重要参考人として、取り調べを受けた。その嫌疑を晴らそうとして、片山は、何度か、この小浜に、来ているんです」

　と、十津川は、いった。

「それは、前にもうかがいましたよ。しかし、その黒田大輔ですが、アリバイが、成立したので、容疑者からは外しています。となると、二つの事件には、もう関係が、ないんじゃありませんか？」

と、松本が、いった。

「確かに、形の上では、関係がなくなったように見えますが。しかし、殺された片山刑事のことを、私立探偵が、調べていたことが、わかったんですよ。その私立探偵は、この小浜の、何者かに、頼まれて、片山刑事のことを、去年の十月から今年の二月にかけて、調べていたんです。その後、片山刑事は、殺されてしまいました。われわれは、片山刑事が、こちらで起きた、去年三月二日の事件の真犯人に、近づいたのではないか、だから、殺されてしまったのではないか、そう考えているんです」

と、十津川は、いった。

「それは、本当のことなんですか？」

と、松本警部は、半信半疑の表情で、きいた。

「間違いないと思っています」

と、十津川が、いった。

「それなら、その私立探偵に、片山刑事の調査を、頼んだ人間が、犯人じゃありませんか？　その人間の名前は、わかっているんですか？」

と、松本が、きいた。

「残念ながら、その名前が、わかっていないのです。ただ、小浜の人間であることは、わかっています。それで、小浜の誰が、片山のことを、私立探偵に調査させたのか、それを調べるために、われわれは、ここにやってきたのです。ぜひ、協力していただきたい」

と、十津川は、いった。

4

松本警部は、協力を承諾してくれたが、果たして、どこまで、十津川たちに、協力してくれるかどうか判断がつかなかった。

十津川と亀井は、警察署を出ると、小浜の港に向かって、歩いていった。今日も、風がなく、穏やかな、春の日差しが、小浜の港全体に降り注いでいた。

魚の市場は、活況を呈《てい》していて、観光客が集まっている。

ゆっくりと船が出港していくのが見えた。

「不思議なものだねえ」

　と、十津川は、海を見ながら、亀井に、いった。

「ここに来ているうちに、だんだんと、この小浜の街が、好きになっていくんだ。そして、こんな穏やかで静かな街が、自分の故郷だったら、よかったのに、そう思うようになっている」

「同感ですね。私は、青森《あおもり》の生まれですが、ここも、よく似ていますよ。冬になれば、さぞ寒さが、厳《きび》しいと思うのですが、春は、こうして、のんびりと、静かな海ですからね。私は、こういう静かな海も、好きだし、冬の厳しい海も好きですから、この小浜の街が、気に入っています」

　と、亀井も、いった。

「片山は、私たちより何倍も、この街が好きだったんじゃないかなあ」

　と、十津川が、いった。

「それで、これから、誰に会いに行きますか？」

　と、亀井が、きいた。

「私はまず、片山の妹に、また会いたいと、思っている」

　と、十津川が、いった。

「ああ、妹の片山みどりですか？」

「私は、彼女のことが、何となく心配なんだよ。まさか、彼女まで殺されることはないと、思っているが、何しろ、死んだ片山のことをいちばんよく、知っている人間だからね」

と、十津川が、いった。

「それに、片山は、遺書の中で、警部に〈妹のことをお願いします〉と、書いていますからね」

と、亀井が、いった。

二人は、ゆっくりと、歩いて、片山みどりの住むマンションまで、行った。みどりは、部屋にいた。

急に、十津川と亀井の二人が訪ねてきたことに、驚きながらも、笑顔で、二人を迎えた。

みどりは、二人の刑事に、お茶を淹《い》れてくれた。それから、冷蔵庫から、イチゴを取り出し、それをテーブルの上に置いて、二人に勧めた。

「今日は、お兄さんのことで、新しい事実がわかったので、それを、お知らせに来たんですよ」

と、十津川が、いった。

その言葉で、みどりは、目を輝かせた。

「どんなことが、わかったんですか？」

「実は、この小浜に住んでいる誰かが、東京の私立探偵を雇《やと》って、去年の十月から、今年の二月にかけて、お兄さんのことを、調べていたんですよ」

「兄の、どんなことを調べていたんでしょうか？」

「お兄さんのこと、すべてです。特に、お兄さんの、女性関係を調べさせていた。そして、その私立探偵は、お兄さんが、去年の九月頃、あるクラブでホステスをやっている、広瀬ゆかりという女性を、助けたことを調べ上げて、それも、依頼主に、知らせていたんですよ。そして、今年の三月九日になって、お兄さんは、その広瀬ゆかりと、無理心中したように、見せかけられて殺されたんです。つまり、私立探偵を雇った依頼主が、犯人だとすると、私立探偵から、お兄さんが、広瀬ゆかりを助けたことをきかされて、殺人計画を、立てたんだと、思うんですよ。そして、三月九日に、二人を同時に殺して、無理心中に、見せかけた。われわれは、そう考えています」

と、十津川は、いった。

「小浜に住む人が、東京の私立探偵に、兄のことを調べさせた。それは、本当なんですか？」

と、みどりは、じっと、十津川を見た。

「間違いありません。われわれは、問題の私立探偵に会って、そのことを、確かめましたから」

と、十津川が、いった。

「それなら、問題の依頼主の名前も、わかったんじゃありませんか？」

と、みどりが、きいた。

「ところが、その依頼主の名前が、わからないんですよ。調査依頼は、電話で行なわれていて、その私立探偵も、依頼主には、直接会っていないんです。ただ、わかっているのは、小浜に住んでいる人間、それだけなんですよ」

と、今度は、亀井が、いった。

「小浜に住む人といえば、おそらく、兄の知り合いだと、思うんですが」

と、みどりが、いった。

「それは、間違いないでしょうね。まったく無関係な人間が、お兄さんのことを、調べさせるはずがありませんから」

と、十津川が、いった。

「それなら、範囲が狭いから、調べていけば、依頼人の名前が、わかるのじゃありません？　そうすれば、兄を殺した犯人もわかる、そう思いますけど」

と、みどりが、目を輝かせて、いった。

「われわれも、そう考えています。ですから、その人間を、見つけるために、こうして、二人で小浜に来たんですよ」

と、十津川は、いった。

しかし、みどりは、急に、暗い表情になって、

「でも、兄の知り合いというと、いちばんに思い出すのは、兄が高校時代に、同人雑誌をやっていた、同人の四人ですけど、まさか、その人たちが、犯人ということは、ないんでしょうね？」

と、十津川に、きいた。

「四人の同人ですか。その四人の中に、いるかも知れませんし、あるいは、もう少し範囲が、広いかも知れません」

と、十津川が、いった。

「もう少し範囲が、広いというと、どういうことでしょうか？」

みどりは、若い女の一途《いちず》さで、質問を続けてくる。

「われわれは、お兄さんが殺された事件の原因は、去年の三月二日に、この小浜で起きた、例の市会議員殺しにあると、思っているんですよ。たまたま、黒田大輔という、昔のお兄さんの友人が、重要参考人として取り調べを受けていた。お兄さんは、その黒田大輔を、助けようとして、しばしば、この小浜に、来ていました。休暇を取ってね。そして、真犯人を捜していたんですよ。とすると、その真犯人が、私立探偵を雇って、お兄さんのことを、調べさせて、そして、三月九日に、お兄さんを、殺したことになってくる。その真犯人は、お兄さんの友人四人の中には、いないことも考えられます。だから、その場合は、当然、もう少し、範囲が広くなってきます。お兄さんが、事件のことを調べて、真犯人に近づいてきた。それに気づいて、反撃に出たとすれば、この郷里の小浜の人には、違いないが、直接、お兄さんとの関係はなかったかも知れません。そうあって欲しいと思っています」

と、十津川が、いった。

「十津川さんたちは、いつまで、この小浜にいらっしゃるのですか？」

「最低一週間は、いようと、思っています。その間に、私立探偵を雇って、お兄さんのことを、調べさせた人間を、突き止めたいと、思っているんです」

と、十津川が、いった。

「どうやって、突き止めようと、思っていらっしゃるんですか？」

　と、みどりが、さらに、きく。

「それは、わかりません。しかし、この小浜は、小さな街ですからね。この街を歩き回って調べていけば、一週間のうちに、真犯人にというか、私立探偵に、調査を依頼した人間に、行き当たると、われわれは、楽観しているんです」

　と、十津川は、いった。その後で、

「あなたのことですが、何か、脅迫めいた手紙や電話は、ありませんか？」

　と、きいた。

「今は、何もありませんけど」

　と、みどりが、いった。

「われわれに、隠していることは、ありませんね？」

　と、十津川が、念を押した。

「何も隠していませんわ。私だって、兄を殺した犯人を、捕まえたいんです」

「そのために、何か、危険なことをしているのならば、すぐに、止《や》めて、われわれに任《まか》せなさい」

　と、十津川は、いった。

「何もしていませんし、私に、何かできるはずもないんです。でも、香織さんに会ったりすると、自然に、事件のことが、話題になって、話し込むことはありますけど」

「ほかの人間には、会いませんか？　木村雄介とか、あるいは、入院している三浦信行のことですが」

と、亀井が、いった。

「三浦さんは、退院しました」

「いつ、退院したんですか？」

「確か、一週間くらい前になると、思いますけど」

と、みどりが、いう。

「その三浦さんにも、会ったんですか？」

と、亀井が、きいた。

「ええ、一度、お会いしました。退院した後、三浦さんのお母さんから、電話があったんですよ。何でも、〈お兄さんにしたことを、お詫《わ》びしたいので、時間があったら、来てもらえないか〉という電話でした。ですから、三浦さんの家にいって、三浦さんにも、会いましたし、お母さんにも、会いました」

と、みどりが、いった。

「その時、どんな話をしたんですか？」

「今もいったように、三浦さんが、私に謝りました。〈お兄さんのことを、疑って、ひどいことをした。だから、許して欲しい〉、そういわれたんです」

「なるほどね。木村雄介にも会いましたか？」

と、亀井が、きいた。

「木村雄介さんは、この小浜で、漁業関係のお仕事をしているので、時々お会いします」

「木村雄介さんとは、どんな話をするんですか？」

と、十津川が、きいた。

「私のほうは、なるべく、兄のことは、話さないようにしているんです。兄のことを話せば、きっと、木村さんも、嫌な気持ちになるだろうと、思って。でも、時には、木村さんのほうから、兄のことを、話すことがあるんですよ」

「それは、どんな話ですか？」

「〈お兄さんは、東京で無理心中したことになっているが、僕には、信じられない〉、そんなことも、いっていました」

「それから、黒田大輔ですが、まだ、行方がわからないんですか？」

と、十津川が、きいた。

「ええ、わからないようです。ですから、黒田さんには、このところ、まったく会っていません」

と、みどりは、いった。そのあと、

「今のところ、何もありませんけど、何か、私が危険なんでしょうか？」

と、彼女が、きいた。

「いや、そんなことはないと、思っていますが、あなたのことも、心配はしています。何しろ、片山刑事の手紙には、〈妹のことをお願いします〉と、書かれていましたからね」

と、十津川は、いった。

「私には、わかりません」

と、急に、みどりが、いった。

「何が、わからないんですか？」

「香織さんや、木村雄介さんだって、本当に、いい人なんです。三浦さんだって、一途に、兄に不信を持ってしまって、それで、兄に、ひどいことを、してしまったんでしょうけど、今は、きちんと、謝ってくれているんです。黒田大輔さんのことは、最近会っていないので、よくわかりませんけど、兄の昔のお友だちが、兄を殺すなんて、とても、考えられないですし、考えたくもないんです。それなのに、十津川さんは、兄の知り合いの中に、犯人がいるようなことを、おっしゃいましたけど、それも、信じられないし、もしも、そんなことがあったら、兄のために、悲しくなってしまいます」

5

二人は次に、商店街の文房具店にいる、香織に会った。相変わらず、香織は、美しい。

十津川は、そのことに、戸惑いを感じた。

最初に会った時は、香織を、片山の初恋の人と、考えていたから、いっそう、美化して考えてしまったのかも知れない。

（こんな美しく、そして、山川登美子に似て、和歌を作る女性が、悪いことをするはずはない）

そう思っていた。

しかし、それが今は、少しばかり、崩れてしまっている。

(ひょっとすると、この女性は、自分たちが考えているほど、心は、美しくはないのではないか)

そんなふうに考え始めていたのである。

それでも、香織本人に会って、話をきいていると、また、彼女が、犯人のはずはないと、思えてくる。

「片山さんの一周忌には、友人や仲間と集まって、お金を出し合って、この小浜に、片山さんのお墓を、建てようと、思っているんですよ」

香織は、まっすぐに、十津川を見て、いった。

「そうですか。一周忌に、皆さんで、片山のお墓を、建てることになったんですか」

「そうなんですよ。黒田さんだけは、ちょっと行方がわからないので、連絡が取れずにいますけど、連絡が取れれば、きっと賛成してくれると、思っています」

と、香織が、いった。

「今、こんなことを、きいたら、失礼かも知れないけれど、どうしても、おききしたい。香織さんは、片山のことを、本当は、どう思っていらっしゃったんですか？　好きだったんですか？」

と、亀井が、直截《ちょくせつ》に、きいた。

香織は、微笑して、

「それについては、今は、いいたくないんです。でも、私が好きだったとしても、片山さんは、東京に行って、東京の人になってしまったんですから、結局、私の想いは、片想いでした。そうでしょう？」

と、いった。

「あなたの片想いですか？　ちょっと、それは、信じられませんね。片山の片想いというのならば、何となく、納得できるんですが」

と、十津川が、いうと、

「どうして、そう決めつけるんでしょう？　私が、片山さんを、好きだったとしても、不思議はないいんじゃありません？」

と、香織が、いった。

初めて、香織に会った時ならば、素直に、その言葉を、信用できるのだが、今はなぜか、疑ってしまう。

「ところで、離婚された、荒木豊さんには、今でも、会っていらっしゃるんですか？」

と、亀井が、きいた。

とたんに、香織は、嫌な顔をした。

「それは、同じ小浜の街に、住んでいるんですから、時には会ってしまうこともありますけど、今はもう、関係のない人です」

と、香織は、いった。

(この言葉も、本当なのだろうか)

と、十津川は、思った。

第六章　相関図

1

捜査会議の時、十津川は、一枚の紙を持ってきて、それを貼り出した。

昨夜、時間をかけて、十津川が、書き上げたものだった。

「これは、事件の関係者の相関図だ。事件といっても、東京の事件じゃない。去年の三月二日に、片山の故郷、小浜で起きた、殺人事件の、関係者の相関図だ。この相関図を解けば、必然的に、片山を殺した犯人が、見えてくると思っている」

と、十津川が、いった。

「中心に、殺された水谷市会議員が、いる。そして、甥の黒田大輔、それから、秘書の荒木豊。この二人は、当然、水谷議員が殺されれば、第一に疑われる容疑者だ。そして、荒木と香織とは、その時は、夫婦だった。それから、甥の黒田大輔のほうには、高校時代の同人誌の仲間であり、同時に、現在も、友人である木村雄介、三浦信行、そして、香織の三人がいる。これが、三月二日の、水谷議員殺しの関係者なんだ。それで、どうなったかというと、今もいったように、黒田大輔と荒木豊が、まず疑われて、警察で、取り調べを受けた。しかし、香織が、黒田大輔の、アリバイを証明した。それから、秘書の荒木豊のほうは、水谷の後援者と会っていたことで、アリバイが証明された。また、黒田大輔の友人の三浦信行と木村雄介が、彼について、有利な証言をした。そのため、黒田大輔も荒木豊も、疑いが晴れ、現在も、この事件は、迷宮入りだ。つまり、この事件の関係者たちは、がっちりと、組み合っていて、お互いに、有利な証言をしたり、アリバイを証言したりして、その結果、全員が逮捕されずに、現在に至っている。それだけ、この相関図は、がっちりと組み合っていて、誰も入る余地が、ないんだ。つまり、これは、無実の証明の輪でもある。ところが、そこへ、片山が飛び込んでいった。片山は、現職の刑事だ。片山が調べ始めたために、この、がっちりした相関図が、ギシギシと、歪《ゆが》み始めたんだ。そのため、片山は、東京で殺されてしまった。片山は、この輪の中から、一人、弾《はじ》き飛ばされたんだよ」

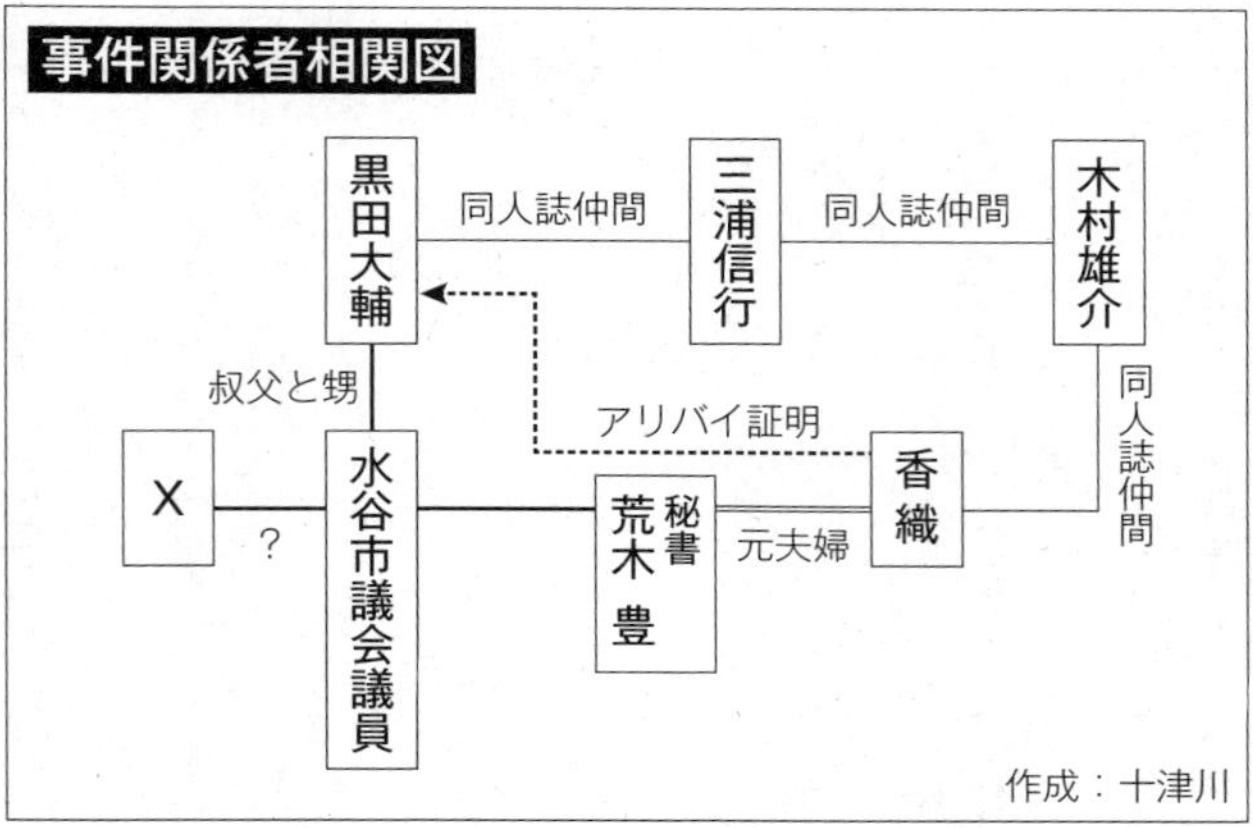

と、十津川は、刑事たちに、いった。

「しかしですね、警部」

と、西本刑事が、異を唱《とな》えた。

「片山を呼んだのは、黒田大輔や、昔の同人誌仲間じゃありませんか？　黒田は、水谷議員殺しで、疑われた。それで、片山刑事に、昔の友人として、助けを求めたんですよ。だから、片山が友情から、小浜に乗り込んでいった。今、警部は、このがっちりした相関図の中に、片山が勝手に、飛び込んでいったので、弾き飛ばされたとおっしゃいましたが、呼んだのは、黒田大輔たちなんじゃありませんか？」

「今の西本刑事の疑問は、もっともだ。しかし、私は、こんなふうに、考えるんだよ」

と、十津川は、いった。

「私が考えたのは、片山の妹の、みどりのことだ。みどりは、小浜にいたんだから、きっと、去年三月二日の事件のことを、兄の片山に、連絡しているはずだ。昔の友人の黒田大輔が、疑われていることもね。それで、心配して、片山は、昔の同人たちに、電話をしたんじゃないだろうか？　黒田大輔にも、三浦信行にも、木村雄介にも、そして、香織にもだ。そうなると、彼らの方は、片山を、無視できなくなってしまった。だって、そうだろう、黒田大輔に、殺人容疑がかかっているんだ。そんな時、昔の友人で、現職の刑事が心配をして、電話をかけてくれれば、助けを求めるのが、普通じゃないか。もし、それを拒否すれば、かえって、怪しまれてしまう。だから、黒田は、助けてくれといい、木村も、同じことをいったんだ。もちろん、三浦信行もだ。そして、香織もだと思う。そうしなければ、今もいったように、かえって、片山が、疑ってしまうからね」

「しかし、どうして、そのために、片山が殺されることになったんでしょうか？」

と、日下《くさか》刑事が、きいた。

「それは、片山が、事件の真相に、近づいてしまったからじゃないだろうか？　犯人にとって、片山は、危険な存在に、なってしまったんだ。だから、始末されてしまった。私は、そう考えている」

　と、十津川は、いった。

「警部のいわれた通りだとすると、去年三月二日の水谷議員殺しは、周到に計画された殺人事件だと、いうことになりますね？」

　と、三田村刑事が、いった。

「そう思う。ところが、今もいったように、片山が、飛び込んできたために、おかしな具合になってしまった」

　と、十津川が、いった。

「もう一つ、疑問があるのですが」

　と、いったのは、北条早苗だった。

「どこが、疑問なんだ？」

「左のほうに、Xという印がありますが、これは、どういうことでしょうか？　この相関図には、もう一人、Xという人物が、いるということですか？」

　と、早苗が、きいた。

「私は最初、このXというのを除いて、この相関図を、書いたんだが、どうしても、何かが足らないような気がしてきたんだよ。甥の黒田大輔は、水谷議員と仲が、悪かった。そして、秘書の荒木豊のほうは、自分が、水谷議員の後を継いで、市会議員になるつもりだったが、肝心の水谷がなかなか引退をしないので、焦《あせ》っていた。しかし、それだけの理由で、水谷を、去年の三月二日に殺したりするだろうか？　そう考えると、少し動機が弱いような気がしたんだよ。それで、私は仕方なく、もう一人の人間、Xを考えたんだ」

「Xというのは、どういう人物だと、お考えになっているんですか？」

と、早苗が、きいた。

「実は、私にも、よくわかっていないのだが、このXという男は、水谷議員のことをよく知っていて、甥の黒田大輔や、秘書の荒木豊よりも、もっと強い、水谷議員を殺す動機を持っている、そんな人間だ。だから、Xと黒田大輔、荒木豊の三人の気持ちが、一致したんだな。そして、その時、このXも、この相関図の中に入ってきた。私は、そう考えている」

と、十津川は、いった。

「しかしですね」

と、今度は、亀井刑事が、首を傾《かし》げて、いった。

「もし、それほど、水谷殺しについて、強い動機を持っているXという人間がいたとするところ、当然、県警のほうも、捜査をしているのではありませんか？　しかし、今のところ、そうした名前は、あがってきていないんじゃありませんか？」

「確かに、カメさんのいう通りだ。Xという人物が、もし、水谷議員に対して、強烈な恨みを、持っているとすれば、当然、県警は、黒田大輔や荒木豊とともに、このXも、調べているはずだからね。しかし、今までのところ、そうした人物の名前は、あがっていない。これは、いったいどういう訳なのか、それについても、私は、考えてみた」

と、十津川は、いった。

「その理由は何だと、警部は、お考えですか？」

と、亀井が、きく。

「私の勝手な、推測なんだがね。このXというのは、片山の郷里、小浜にとって、大変な有力者なんじゃないだろうか？　だから、県警のほうでも、Xに遠慮をして、うかつには、手が出せない。というよりも、容疑をかけることも、憚《はばか》られたんじゃないだろうか？　そんなふうに、私は、考えているんだ」

と、十津川は、いった。

「このXについて、今、福井県警の、松本警部に調べてもらっているから、まもなく、

「その回答があるはずだ」

と、十津川は、いった。

2

二日後、十津川警部が待っていた回答が、小浜警察署にいる松本警部から、ファックスで届いた。

〈十津川警部の、質問された件について、考えた末、一人の人物が、浮かんできました。しかし、私も福井県警も、この人物が、去年三月二日の殺人事件に、関係しているとは、とても思えないので、そのことだけは、お含みおきくださって、この報告書を、読んでいただきたいと思います。

その人物の名前は、益田善行《ますだよしゆき》、六十五歳です。小浜市では、誰一人、知らない者がいない水産業界の、ドンであります。

益田は、益田水産の社長で、他に、さまざまな役職に、就《つ》いており、小浜市商工会議所の、会頭でもあります。

また、慈善事業にも、多額の寄付をしており、そのことで、何度か、知事や市長から、表彰を、受けています。

益田社長と水谷市会議員との関係は、以前は、すこぶる、良好でした。

というのは、益田社長は、今ここにも書きましたように、水産業界のドンでありまして、水谷議員の後援会の、会長でもありましたから、水谷議員は、益田社長に対して、いつも、敬意を払っていました。

それが、少し、おかしくなってきたのは、一年前からです。

ご存じのように、小浜市は、水産と、観光で、成り立っている町で、あります。

昔は、水産業のほうが力があり、活発でありましたが、最近になって、町の有力者たちは、観光に、力を入れるようになりました。

中には、小浜の歴史を考えて、世界遺産を、目指せと、叫ぶ人も出てきております。

時勢を見るに敏感な水谷議員は、将来の小浜は、水産業よりもむしろ、観光業のほうが大きくなるのではないか、そう考えたのでしょうか、自分の主張のシフトを、水産業から観光業に移してきたのです。

つまり、益田水産から、観光業界のリーダーであり、小浜の観光を、一手に引き受けている、笠原《かさはら》興業寄りに、政策を転換していったのです。

もちろん、小浜市にとっては、水産業と観光業との両立が、いちばん、望ましいことではありますが、時には、観光と水産とが、相容《い》れないことが、あります。たとえば、小浜港からは、観光船が何隻も出ていますが、その中の半分は、笠原興業所有の、観光船です。

そして、観光船が、漁場を荒らすという批判も、あるのです。

もちろん、観光船の会社によっては、水産業のほうに遠慮をして、船の運航をコントロールしているところもありますが、笠原興業は、むしろ反対に、船の隻数を増やし、また、観光の範囲を広げようとして、しばしば、水産業者と、いさかいになることが起きています。

そんな時、以前は、水谷議員が水産業界の肩を持っていたのですが、最近は、観光業界の肩を持って、時には、これからの小浜の生きる道は、観光であるから、水産業が、少しは犠牲になっても、構わないというような主張を、市議会で、堂々と、発表したりしていたことも、事実です。

それに対して、水産業界のドンと呼ばれる、益田社長が、不快感を持っていたことも、間違いありません。

しかし、この報告書の冒頭にも、書きましたように、そのため、益田社長が犯人とは、到底考えられません。

益田社長は、そんなことをする人間では、ありませんし、益田水産の経営が、悪化するようなことはないと、見られております。

以上、ご報告いたします〉

十津川は、すぐに、松本警部に、電話をかけた。

「回答、ありがたくいただきました。それで、一つだけ、おききしたいことが、あるのですが」

と、十津川が、いうと、

「あの報告書にも、書きましたが、福井県警は、益田社長を、犯人とは、まったく考えておりません。その点は、ご承知おきください」

と、松本は、妙に、形式張った口調で、いった。

「そのお気持ちは、よくわかります。それで、おききしたいのは、木村雄介のことなんですよ。木村雄介は、確か、小浜の港に、水産物の土産物の店を、出していましたよね？　彼の店は、益田水産とは、どういう、関係にあるのでしょうか？　私が知りたいのは、その点だけですが」

と、十津川は、いった。

「その点なら、別に、調べるまでもなく、すぐに答えられますよ。木村雄介の店が、扱っている水産物のほとんどは、益田水産のものです」

と、松本警部は、いった。

「そうですか。助かりました。ありがとうございます」

と、十津川が、いって、電話を切ろうとすると、松本は、

「十津川さんに、もう一度、いっておきますが、福井県警は、益田社長と、あの事件とは全く関係がないと、思っておりますから」

と、重ねて、いった。

3

十津川は、例の相関図の中のXのところに、「益田水産社長　益田善行　六十五歳」

と、書き、Xと木村雄介を、一本の線で結んだ。

また、十津川は、刑事たちに、松本警部から送られてきた、ファックスを見せて、

感想をきいた。

「これで、Xのところが、埋まったわけですが、しかし、松本警部のファックスを、見ていると、このXについて、調べるのは、相当難しいと思われますね」

と、亀井刑事が、いった。

「確かに、そうだな。まあ、こちらで調べるにしても、県警の協力は、ほとんど得られないと、考えておいたほうがいいと、思う」

「それでも、警部は、調べられるんでしょう?」

と、西本が、きいた。

「もちろん、調べる。何しろ、私の部下の、片山が、殺されているんだからね。そして、その殺された原因は、どう考えても、去年の三月二日に、小浜で起きた事件に、関係があるんだ。その事件が、今、迷宮入りになっている。だから、なんとしてでも、三月二日の事件について、真犯人を、見つけなくてはならないんだ」

と、十津川は、刑事たちに向かって、いった。

「しかし、どうやって、調べますか? このXについて、調べようとしても、福井県警の協力は、まず得られませんが」

と、亀井が、いった。

「私たちで、調べるさ。さしあたって、私と亀さんが、小浜に行って、この益田社長という人間に、会ってみる。それから、水谷議員が、水産業からシフトしたという、観光業者の、笠原社長にも、会ってみたいね」

と、十津川は、いった。

「私たちは、どうしますか?」

と、西本刑事が、きいた。

「そうだな。君たちも、小浜に行って、荒木豊や香織や木村雄介に、会ってもらいたい」

と、十津川が、いった。

「会って、どうしますか? どんなことを、きいたら、いいですか?」

と、日下刑事が、きく。

「私は、今まで、片山は、昔の親友たちを、助けようとして小浜に行き、彼らの無実を、証明しようとした、そのため真犯人に殺されたと思っていたんだが、今は、違っている。この相関図にも書いたように、ここに書かれた連中が、全員で、しめし合わせて、水谷を殺したんじゃないかと、思っている。だから、彼らの今までの行動や、口にした言葉は、信用できなくなっているんだ。そのつもりで、君たちの目で、彼らに、会って欲しい」

と、十津川は、いった。

十津川と亀井は、わざと、ほかの刑事たちより一足先に、三度《みたび》、小浜に向かった。

小浜に向かう列車の中で、亀井が、

「これで、何度目の小浜行きですかね？」

と、いった。

「片山の方は、この一年に二十二回、小浜に行っているんだ。昔の友人を、助けるためにね」

と、十津川が、ため息混じりに、いった。

「二十二回も行ったことが、かえって、片山を、死に追いやったということが、できますか？」

と、亀井が、いう。

「たぶん、そうだろう。一回や二回だけで、仕事が忙しいといって、そのあと、小浜に行かなかったとしたら、たぶん、片山は、殺されなかったと思うね。あまりにもしばしば行き、そして、その結果、片山は、事件の真相に気づいたんだ。そして、真犯人を、見つけようとした。それで、殺されたんだよ」

と、十津川は、いった。

「故郷に、裏切られたようなもんですね」

「そうだな。片山は、故郷に裏切られたのかも知れない」

と、十津川が、いった。

そのことが、ますます、十津川の気持ちを暗くしていった。

小浜駅に着く。駅前のビルの中に、問題の笠原興業があった。

ビルの壁には、大きな垂れ幕が掛かっていて、それには、

〈目指せ、世界遺産。観光の町、若狭小浜〉

と、大きく書かれていた。

二人は、その垂れ幕に、目をやってから、ビルの中に、入っていった。

受付で警察手帳を見せて、

「社長さんに会いたい」

と、告げると、しばらく待たされてから、奥の社長室に通された。

そこにいたのは、意外と若い、四十代の男だった。名刺をくれたが、その名刺には、

「笠原興業　取締役社長　笠原謙三《けんぞう》」

と、あった。

「意外に、社長さんが若いので、驚きましたよ」

と、十津川は、正直に、いった。

「私と同じように、観光事業は、新しい、若い産業ですからね」

と、笠原は、笑いながら、いい、続けて、

「それで、東京の刑事さんが、何のご用でしょうか？」

「私たちは、去年の三月二日に、この小浜で起きた、水谷議員殺しのことを、調べています」

と、十津川は、いった。

「しかし、あの事件が、どうして、東京と関係が、あるんですか？」

「実は、今年になって、東京で、殺人事件が起きましてね。それが、どう考えても、こちらの、三月二日の事件と、関係があるんです。それで、調べているわけです」

と、十津川は、いった。

「しかし、去年の三月二日の事件と、うちとは、何の関係も、ありませんよ」

と、笠原が、いう。

十津川は、わざと、

「こちらで、きいたところでは、水谷議員は、つねに、水産業者の肩を持っていて、観光業者には、冷たかった。それで、観光業者のほうが、水谷議員を疎《うと》ましく思っていた、そんな話を、きいているんですが」

と、いってみた。

案《あん》の定《じょう》、笠原は、笑って、

「十津川警部さんでしたね。十津川さんが、誰に、そんなデマを、吹き込まれたのかは知りませんが、大きな誤解ですよ。確かに、昔、水谷先生は、水産業のほうに、目を向けていました。しかし、最近は、あの水谷先生も、事情がわかってきたと見えて、水産業よりも、こちらの、観光業のほうに、肩入れをしてくださっていたんですよ。その証拠は、いくらでもあります。観光業と水産業とが、敵対関係になることがあるんですよ。そんな時には、水谷先生は、必ず、こちらの肩を、持ってくださっていたんです。ですから、水谷先生を殺したいのは、水産業者だと、思いますがね」

と、笠原は、いった。

「しかし、水産業というのは、小浜市の大きな産業じゃないんですか？」

と、亀井が、いった。

「確かに、水産業は、小浜市にとって、大きな産業です。昔から、小浜で獲《と》れた魚を、京都に送って、それで、京都の食が、維持されていた。そういう歴史も、ありますからね。しかし、私が見るところ、小浜の水産業が、今後、これまで以上に、発展していくとは、とても、思えないんですよ。漁獲高が、急上昇するとは、思えませんし、また、十津川さんだって、ご存じだと思いますが、今は、多くの水産物が、外国から輸入されています。ですから、これからは、水産業よりも、水産物の輸入業のほうが、大きな比率を、占めていくに違いないと、思っています。それに比べて、観光は、今後大いに、発展していくと、私は、信じています。何しろ、小浜市は、歴史のある街で、小浜市を訪ねてくる観光客も、年々多くなっています。それに、市のほうでも、観光に力を入れていて、その合言葉が〈目指せ、世界遺産〉ですからね。そうした時代の流れを、水谷先生も敏感に、察知していて、われわれの、味方になってくださっていた、そう、私は、思っています」

「しかし、水谷議員一人が、観光業の味方についても、それで、水産業より観光業のほうが、有利に立つとも思えませんが」

と、十津川は、いった。

「現在、小浜市議会は、市長の与党が、三分の二を、占めています。そして、その三分の二の与党の中で、水谷先生は、リーダー的存在なんです。その水谷先生が、水産業よりも、観光業に力を入れてきた。それを見て、市長も、観光業のほうに力を入れて、観光で、市の財政を、立て直すといっているんです」

と、笠原は、いった。

「すると、水谷議員が亡くなったことは、観光業者にとっては、大きな痛手ですね」

と、亀井が、きいた。

笠原は、うなずいて、

「もちろんですよ。水谷先生のほかにも、観光業のほうに、力を入れてくれている先生も、いらっしゃいますが、何といっても、みなさん、水谷先生ほどの、影響力がない。ですから、心配しているんですよ」

と、笠原は、いった。

「次の選挙では、水谷議員の秘書だった、荒木豊さんが、立候補をすると、きいているんですが、社長は、荒木さんの応援を、されますか？」

と、十津川が、きいた。

「今のところ、応援するかどうか、判断をしかねています」

と、笠原は、いった。

「どうしてですか？　水谷議員の秘書だった人ですよ」

「しかし、荒木さんが、どんな政策を持っているか、まだわからないんですよ。水谷先生と同じように、〈この小浜市は、観光第一で行く〉と表明してくだされば、もちろん、われわれ観光業者が応援しますが、もし、水産業の活性化とか、あるいは、水産業第一といえば、応援を控えさせていただきたいと思っています」

と、笠原は、冷静な口調で、いった。

4

次に、十津川と亀井は、小浜港にある、益田水産を、訪ねた。

岸壁に、大きな冷凍倉庫を、いくつも持っていて、その他、益田水産所属の漁船は、二十隻を、数えるといわれる。

その事務所に、二人は、訪ねていった。

ここでも、警察手帳を見せて、社長の益田善行に会った。

社長の益田は、六十五歳というが、赤黒く日焼けして、恰幅《かっぷく》もよく、五十代に見えた。話す声も、大きい。

「あなたがたのことは、ここの、刑事さんからきいていますよ。何でも、去年こちらで、起きた事件について、調べているということですが、どうも、わかりませんなあ。

なぜ、警視庁が、小浜で起きた事件に、興味を持たれるのですか？」

と、益田は、とがめるように、きいた。

「これは、何回も、いっているんですが、東京で、私の部下が、殺されました。今年になってからです。それを、調べていくと、去年の三月二日に、こちらで起きた、殺人事件と、関係があるという証拠を、つかんだんです。それで、こちらで起きた殺人事件を、調べているというわけです」

と、十津川は、いった。

「確か、片山という刑事さんが、死んだ事件でしょう？　しかし、新聞で見たところ、無理心中で、死んだとありましたから、殺人事件じゃ、ないんじゃありませんか？確か、その若い刑事さんは、どこかのクラブの、売れっ子のホステスが、好きになって、無理心中を図った、そんな新聞記事を、読んだ記憶がありますよ」

と、益田は、意地の悪い目で、じっと、十津川を見た。

十津川は、苦笑して、

「確かに、新聞には、そう書かれました。しかし、あの新聞の記事は、間違っています。片山刑事は、無理心中に、見せかけて殺されたんです。これは、はっきりしています。それに、殺された理由が、去年の三月二日、こちらで、起きた水谷議員殺しに関係していることも、また、間違いないんです」

と、十津川は、いった。

「殺された水谷先生と、あなたの部下の、片山という刑事さんとは、何か関係が、あったんですか？」

「何の関係もありません」

「それなら、二つの事件が、つながっているという証拠は、何も、ないじゃありませんか？」

「水谷議員殺しで、彼の甥の、黒田大輔が疑われましたが、私の部下の片山刑事は、この黒田大輔と、高校時代の、友人なんですよ。だから、関係があるんです」

と、十津川は、いった。

「しかし、あの事件は、ここにきて、迷宮入りでしてね。今、あなたのいわれた、黒田大輔さんは、確かに、一回は、疑われましたが、今は、潔白の身となっています」

と、益田は、いった。

「あなたは、水谷議員のことを、どう思われて、いましたか？」

と、十津川が、きいた。

「どう思っていたかと、いわれましてもね、いや、尊敬していましたよ。立派な先生さんでしたから」

と、益田は、当たり障《さわ》りのないことを、いった。

「しかし、われわれがきいたところでは、水谷議員は、最初、小浜市の、水産業者の肩を持っていた。それが、最近になって、水産業者よりも、観光業者のほうの、肩を持つようになった。そのため、小浜市の水産業者は、水谷さんのことを、快《こころよ》く思わなくなっていたときいたのですが、本当のことでしょうか？」

と、十津川は、きいた。

益田は、急に、険しい顔になって、

「誰が、そんなことをいったんですか？」

と、十津川に、きいた。

「いや、誰に、きいたというのではなく、みなさんが、そういっているんですがね。これは、本当なんじゃありませんか？」

と、十津川は、いった。

「どうも、十津川さんは、誤解をなさっているようだが、私が、詳しく、説明しましょう。確かに、現在、この小浜市を、どんなふうに持っていったらいいのか、その議論は分かれています。水産業重視で行くのか、それとも、観光業重視で行くのかということでね。しかし、私が考えるには、どちらも、大事なんですよ。今後の小浜市は、水産業も、大事だし、観光業も、大事なんです。それは、水谷先生だって、わかっていましたからね。どちらの、味方をしているということは、なかったと思いますよ。別に、われわれだって、観光業者を、敵視しているわけではありません。観光で、たくさんの人が、この小浜に来てくれれば、水産物も、売れますからね。うまい水産物があるとわかれば、観光客が来ますから、持ちつ持たれつの、関係なんです。そのことを、東京の刑事さんにも、よくわかっていただきたいですね」

と、益田は、いった。

「確かに、益田さんがいわれたことは、よく、わかりますよ。どちらが欠けても、小浜市は、うまく行かないでしょう。しかし、観光業と水産業とが、時には利益が、相反して、争うようなことだって、あるんじゃ、ないですか？」

と、十津川は、いった。

「たとえば、どんなことですか？　もし、そういうケースがあれば、いってくだされば、お答えしますが」

と、益田が、いった。

「たとえばですね。観光客を、呼ぶために、この小浜港から、観光船を、たくさん出す。そういう場合には、水産業の、妨げになることだって、あると、思うんですよ。また、市が、観光と水産のどちらに、力を入れるかによって、予算の配分も、違ってくるんじゃありませんか？　そういう時に、水産業者のドンとして、益田さんは、時には、水谷議員の考え方に対して、反発を感じていたのではありませんか？」

と、十津川は、きいた。

「いや、そんなことはありませんよ」

と、益田は、簡単に、否定した。

しかし、十津川は、

「では、最近、益田さんは、誰の後援会の会長を、なさっているのですか？　それを、教えてください」

「なぜ、私が、そんなことを答えなくてはならんのですか？　事件とは、何の関係もないでしょう？」

と、益田が、いった。

「確か、このビルに入った時、廊下に、須田徹《すだとおる》という人の、選挙ポスターが、貼ってありましたが、益田社長は、今は、あの須田徹さんという人の後援をなさっておられるのですか？」

と、亀井が、口を挟んだ。

「いや、須田さんの事務所の方に、頼まれて、たまたま、ポスターを、貼っただけですよ」

と、益田が、いう。

「しかし、次の選挙では、須田徹さんを、応援なさるわけですよね？」

と、亀井が、食い下がる。

「今もいったように、頼まれたから、ポスターを、貼っただけのことで、須田さんを、後援するかどうかは、まだわかりません。それに、水谷先生が、亡くなったので、水谷先生の、秘書だった、荒木豊さんが立候補すれば、荒木さんを応援しよう、そういうことも、考えているんですよ」

と、益田は、いった。

「なるほど。今度は、荒木さんの応援ですか」

と、十津川が、いった。

「別に、不思議はないでしょう。今もいったように、私は、水谷先生の、応援をしていた。その先生が、亡くなったので、秘書だった荒木さんを、応援する。その、どこが、おかしいんですか？」

と、益田は、いった。

「別に、おかしいとは、いっていませんよ。ところで、荒木豊さんの政策みたいなものは、ご存じなんですか？」

と、十津川は、きいた。

「まもなく、次の選挙が、始まりますから、そろそろ、荒木さんは、立候補するなら、自分の政策を発表しないといけませんね」

と、益田は、他人事《ひとごと》みたいに、いった。

「話は変わりますが、この小浜港で、水産物の販売をしている、木村雄介という人は、ご存じですか？」

と、十津川が、きいた。

「木村雄介？　その人がどうかしましたか？」

と、益田は、とぼけたように、いった。

「益田水産の水産物を、販売している店の、社長ですよ」

と、十津川は、いった。

「なるほど。それなら、何回か、会ったことが、あると思いますが、しかし、うちの水産物を販売している店は、ほかにも、たくさんありますから」

と、益田は、いった。

「では、黒田大輔さんは、ご存じですか？」

「もちろん、知っていますよ。水谷先生が、殺された時、甥の黒田大輔さんが、疑われましたからね。だから、知っているんです。しかし、特別に親しくしていたというわけでは、ありません」

と、益田は、いった。

「それでは、荒木秘書の、奥さんだった、香織さんのことは、どうですか？」

と、続けて、十津川が、きいた。

益田は、少しばかり、迷惑そうな顔になって、

「荒木さんを、知っていますから、当然、奥さんだった、香織さんのことは、知っていますよ。それに、この小浜では、美人で、有名ですからね。しかし、確か、香織さんと荒木さんは、離婚なさったはずだが」

と、いった。

「それでは、三浦信行さんは、どうですか？」

と、さらに、十津川は、きいた。

益田は、険しい表情になって、

「ちょっと待ってくださいよ。この質問は、何のために、なさるんですか？　何の目的があって、そういう質問を、されるのか、真意をききたいですね。何か、私を疑っているのですか？」

と、大きな声を出した。

「今いった、三浦信行という人も、去年の三月二日の事件の、関係者ですからね。それで、おききしただけですよ」

と、十津川は、いった。

「しかし、水谷先生が、殺されたことについて、関係があると思われたのは、甥の黒田大輔さんと、秘書の荒木豊さん、その二人だけでしょう？　どうして、今いった三浦という人が、関係あるんですか？　教えてもらいたいものですね」

と、益田は、いった。

「実は、こんなものを、書いてみたんですよ」

と、十津川は、いい、例の相関図を、益田に見せた。

それにはまだ、Xのところに、益田の名前は、書かれていない。それでも、

「何ですか、これは？」

と、益田は、怒ったような目で、十津川を見た。

「去年の三月二日の事件の関係者を、図にしたものです。ここに名前を書いた人は、すべて、事件に関係があると、私は、思っているんですよ」

十津川がいうと、彼が、予期したように、

「このXというのは、誰のことなんですか？」

と、益田が、強い口調で、きいた。

「この水谷議員の周りに書かれている名前ですが、この人たちは、すべて、水谷議員殺しに、何らかの意味で、関係があると、私は、にらんでいるんです。しかし、ここに書かれた黒田大輔、三浦信行、木村雄介、そして、秘書の荒木豊と、奥さんだった香織、この五人だけでは、水谷殺しは成立しないと、私は、思っているんです。ですから、この輪の中に、もう一人、強力な人間が、いたのではないか、そう考えて、Xという人間を推定してみたのです。このXの枠《わく》に、実際の人物の名前が、入れば、この輪は、完成するんです。そして、この輪によって、水谷議員は包囲されて、殺されたのではないか、私は、そう、考えているんですよ」

と、十津川は、いった。

「あんたのいうことをきいていると、何人もの人間が、寄ってたかって、水谷先生を殺したみたいに思えるが、そんなことは、考えられないじゃないか。水谷先生は、立派な人ですよ」

と、益田は、いった。

「益田さんは、このXのところに、どんな名前が入ってくると、思われますか？」

と、十津川は、きいた。

益田は、ますます、不快そうな、表情になって、

「私は、犯人当てなんかには、何の興味もない」

と、いった。

「しかしですね。益田さんは、水谷議員とも親しかった。それに、この町の政治事情に詳しい。もちろん、小浜の町全体の事情にもです。ですから、水谷議員を殺したかった人間が、誰かが、わかるんじゃないですか？　もし、わかるんでしたら、教えて、いただきたいんですよ」

と、十津川は、食い下がった。

「今もいったように、私は、犯人が、誰かなんてことには、興味がないんだよ。まさか、あなたたちは、このXが、私だなんて、思っているんじゃないだろうね？」

と、益田が、荒い口調になって、十津川をにらんだ。

「そうは思っていませんが、もし、このXの枠に、益田社長が、入ってくるとすると、

い。ここの警察にだって、きいてみたまえ。私がどんな人間か、わかるはずだ」

と、また、益田は、怒りを露《あら》わにして、いった。

「もちろん、益田さんが、水谷議員を殺したなんて、思って、いません。ただ、このXのところに、益田さんの、名前が入ったら、どういうことになるのか、それを、検証してみたくなっただけですよ」

と、十津川は、笑って見せた。

5

益田水産ビルを出ると、亀井が笑いながら、

「警部は、とうとう、あの社長を、怒らせましたね。わざと、怒らせたんじゃないんですか？」

と、いった。

「ああ、そうだ。わざと怒らせた」

と、十津川も、うなずいた。

「警部は、本当に、あの益田社長が、Xだとお考えですか？」

と、港の近くの、道を歩きながら、亀井が、十津川に、きいた。

「益田社長を、犯人だとは決めていないが、あのXのところに、益田社長の名前を、入れて、水谷議員を囲む輪を、一応、完成させてみたいんだ。すると、どうなるのか、それを調べてみたいのでね」

と、十津川は、いった。

二人は、港近くの、ホテルに入った。そのホテルで、ほかの刑事たちと、落ち合うことになっていたからである。

ロビーにいると、観光に来たらしいグループが、何組も入ってきた。やはり、水産と同時に、観光も、この小浜市の、主要な産業の一つなのだということが、感じられた。

二人が、ロビーでコーヒーを飲んでいると、最初に、三田村と北条早苗の、二人の刑事が、ホテルに、入ってきた。

一緒にコーヒーを飲みながら、まず、二人から話をきいた。

「私たちは、香織という女性に、会ってきました」

と、三田村が、いった。

「君の印象は、どうだった？」

と、十津川が、きいた。

「確かに、美人ですし、頭もいいと思います。死んだ片山刑事が、惚れたのも、無理がないと思いますね」

と、三田村が、いった。

「君は、彼女に会って、どんなことをきいたんだ？」

と、亀井が、いった。

「去年の三月二日の事件のことと、それから、片山刑事のことを、きいてみました」

と、三田村が、いった。

「それで、彼女は、どんな答え方をしたんだ？」

と、亀井が、続けて、きく。

「彼女は、こういっていました。〈昔の仲間であることを、いいことに、片山さんに、黒田大輔さんのことを、助けてくれとお願いしたり、いろいろと、迷惑をかけてしまって、もし、今も片山さんが、生きていたら、みんなで、お詫びに行こうと思っているんです〉と」

「彼女は、本気で、そう思っていると思ったかね、それとも、ウソをついていると、思ったかね？」

と、十津川が、きいた。

「私には、ウソをついているようには、見えませんでした」

と、三田村は、いった。

十津川は、早苗に、目をやって、

「君は、女性だから、女性から見て、彼女をどう思ったか、それをききたいな」

と、いった。

「確かに、美しい人だと思いました。それに、なかなか、頭のいい人だとも思いました」

と、早苗は、三田村と同じことをいった。

「そういうことじゃないんだ。女の君から見て、香織という女性が、どんなふうに映《うつ》ったのか、それを、正直にいって欲しいんだ」

と、十津川は、いった。

「今日会ったばかりですから、どうかといわれても困りますが、一つだけ、気になったことが、あります」

　と、早苗は、いった。

「それを、ぜひ、ききたいね」

「私と三田村刑事とが、いろいろと、彼女に質問をしたのですが、三田村刑事が、質問をした時は、彼女は笑顔ですし、それに、ゆったりと、落ち着いて、答えているんです。それが、私が質問をすると、急に、態度が、違ってくるんです」

　と、早苗が、いった。

「どう違ってくるんだ？」

　と、十津川が、きいた。

「何か、警戒するような、目になって、笑顔がなくなってしまうんです。言葉を一つ一つ考えながら、話していましたね」

　と、早苗が、いった。

「どうして、そうなるのか、考えてみたかね？」

　と、十津川が、きいた。

「私には、わかりません」

　と、早苗が、いった。

「ひょっとすると、同性の君には、何をしゃべっても、見透《す》かされるような、恐れがあったんじゃないのかね？」

と、十津川が、いった。

「そこまでは、私には、わかりません」

と、早苗が、遠慮がちに、いった。

「ところで、彼女の家の文具店は、見てきたかね？」

と、亀井が、二人に、きいた。

「見てきました。正直にいって、ずいぶん、小さな、店だなと思いましたね。まあ、あそこの商店街自体、小さい店が、並んでいましたが」

と、三田村が、いった。

「その香織が、昔の同人雑誌の仲間と結婚せず、年上で、政治家の秘書をやっている、荒木豊と結婚した。そのことについて、どう思うかな？　これは、ぜひとも、北条刑事に、ききたいね」

と、十津川が、いった。

「私はまだ、肝心《かんじん》の、荒木豊さんに、会っていませんから、何ともいえませんが、彼女は、最初から政治の世界に、関心があったのかも、知れません」

と、早苗は、いった。

「つまり、政治家に、関心があったということか?」

と、十津川が、きく。

「ええ。普通の女性は、政治の世界には、あまり、興味を持たないものです。それが、政治家の秘書の荒木豊という人と、結婚したとなると、これは、間違いなく、彼女が、政治の世界に、興味があったからだと思いますわ」

と、早苗が、いった。

「つまり、野心家ということかね?」

と、亀井が、いった。

「そこまでは、断定できませんけど」

と、早苗は、慎重に、いった。

第七章　小浜を去る日

1

十津川は、亀井と二人、小浜市内の海岸通りを歩きながら、事件が、終わりに近づいているのを、感じていた。

しかし、これで、事件が解決するのだという喜びや、心のときめきのようなものを、十津川は、まったく、感じることができなかった。

ただ、終わりに近づいている、そんな感じだった。

すべてが明らかになった時、十津川の心に残るのは、悔しさだけかも知れない。

そう思いながらも、刑事の本能で、このまま、事件の捜査を、続けていくことになるだろう。結果が、暗いものになろうと、捜査は続けなければならない。

そして、まもなく、すべてが明らかになって終わると、十津川は、思っていた。

「警部は、あの相関図の中の全員が、片山刑事殺しに関係していると、思っていらっしゃるのですか？」

と、歩きながら、亀井が、きいた。

「ああ、そう思っている。だから、悲しいんだ」

と、十津川は、いった。

「あの相関図の中の、誰が、いちばん弱い人間ですかね？　それがわかれば、その人間を責めていけば、あの相関図は、バラバラになって、事件は、解決すると、私は、思いますが？」

「私も、同じことを、考えているんだ。あの輪の中の、どこがいちばん弱点かと思ってね」

十津川がいった時、彼の携帯が鳴った。県警の松本警部からだった。

「失踪していた黒田の行方が、わかりました」

と、松本が、電話で、いった。

「彼は、今、どこにいるんですか？」

と、十津川がきいたのは、もしかすると、その黒田大輔こそが、あの輪の中で、いちばん弱い部分かも知れないと、思っていたからだった。

「それが、総合病院に、救急車で運ばれています」

「どうしたんですか？」

「どうやら、自殺を図《はか》ったらしいんですよ。それで今から、私も、病院に行きますから、十津川さんも、病院に来てくれませんか？」

と、松本が、いった。

十津川と亀井の二人も、すぐにタクシーを拾って、病院に急行した。

そこは、片山刑事の妹、片山みどりが入院していた病院だった。

松本警部が、先に着いていた。

十津川は、彼を見るなり、

「どうなっているんですか？」

と、同じことをきいた。

「私のきいたところでは、今朝《けさ》早く、黒田は、どこからか、帰ってきて、小浜駅で、タクシーを拾いました。それから、海に行ってくれといい、タクシーが海岸に着くと、運転手が見ている、その目の前で、突然、海に飛び込んだというんです。幸い、その運転手も、泳ぎができたので、あわてて、飛び込んで黒田を助け上げ、すぐ救急車で、この病院に運んだというのです」

と、松本が、いった。

「郷里の小浜に帰ってきて、自殺を図ったんですか？」

「そういうことになりますね」

「容態は、どうなんですか？　助かりそうなんですか？」

と、亀井が、きいた。

「医者は、大丈夫だといっていますが、本当のところは、わかりません」

と、松本は、いった。

十津川は、しばらく考えてから、

「事件の関係者に、このことを、知らせてくれませんか？　例の、同人雑誌の友人たちですよ。三浦信行、木村雄介、香織、それから、香織と結婚していた、荒木豊にも、声をかけてもらえませんか？」

と、いった。

「果たして、連中は、来るでしょうか？」

と、松本が、いう。

「それを知りたいんですよ。来るかどうかを」

と、十津川は、いった。

十津川は、松本警部に、駆けつけてきた三浦や木村、それに、香織たちを一時、待合室に待たせておいて、すぐには、黒田には面会させないように、頼んでおいた。

彼らより先に、黒田から、話をききたかったからだ。

黒田大輔は、かなり、水を飲んでいたが、幸い、体のほうには、異常はなかった。

それで、医者が、十津川たちに、面会を許してくれた。

まず、十津川と亀井が、病室で、黒田大輔に会った。

黒田は、疲れ、青ざめた顔をしていたが、起き上がって、迎えた。

「君に、いくつか、質問したいことがあるんだ」

と、十津川が、いった。

「僕は今、疲れているんですが」

と、黒田が、いう。

「しかしだね、この質問には、答えてもらわないと、困るんだよ。何しろ、君も、君の仲間たちも、殺人事件に、関係しているんだからね」

十津川は、まっすぐ、黒田を見つめて、いった。

「いったい何を知りたいんですか?」

「君は、しばらくの間、失踪していた。行方不明になっていた。それがどうして、小浜に帰ってきて、自殺を図ったのかね？　それが知りたい」

と、十津川が、いった。

「いろいろとあって、小浜にいるのが、嫌になって、しばらく、離れていたんですよ。それでも、やっぱり、故郷が懐かしくなって帰ってきたんです」

と、黒田は、いった。

「自殺を図った理由は？」

と、亀井が、きいた。

「小浜に帰ってきたものの、何もかも、嫌になりましてね。それで、発作的に、海に飛び込んでしまったんです」

「発作的にじゃないだろう？　理由があって、自殺を図ったんじゃないのか？」

と、十津川が、きいた。

「理由なんて、ありませんよ。何となく、生きているのが嫌になったんです。そんなことって、誰にだって、あることじゃありませんか？」

と、黒田が、面倒くさそうに、いう。

「去年の三月二日、小浜で、水谷議員が殺された。そして、今年になってから、東京で、君たちの、昔の友人の、片山刑事が殺された。一応、無理心中の形にはなっているが、殺されたことは、間違いないと、われわれは思っている。この二つの事件と、君の自殺未遂とは、関係ないのかね？」

と、十津川が、きいた。

「関係ありませんよ。去年の三月二日の事件について、僕は疑われましたが、無実が証明されましたし、片山君の件については、僕は、何の関係もありません」

と、黒田が、いった。

「困ったものだ」

と、十津川が、いった。

「何が、困ったんですか？」

「君が、本当のことを、いってくれると思って、こうして、駆けつけてきたんだが、どうやら、君は、何もかも、隠してしまいたいらしい。だから、困ったといっているんだよ」

「何も隠してなんか、いませんよ」

「それでは、私が、君に代わって話をしようか」

と、十津川が、いった。

「何を話すんですか？」

「すべての真実だよ」

と、十津川が、いった。

2

「私は、こう考えている」

と、十津川は、いった。

「去年の三月二日の前、どのくらい前かはわからないが、ある一つの殺人計画が、進行していたと、私は、思っている。標的は水谷議員だ。彼を殺したい人間、いい換えれば、彼を排除したい人間たちが、連携した。その中には、君もいたし、君の仲間の、三浦信行、木村雄介、そして、マドンナの香織もいた。あと二人、水谷議員が邪魔になっていた秘書の荒木豊、そして、益田水産の益田善行、この六人の輪ができあがっていた。この六人は、利害関係が一致していた。今いったように、水産業者の益田社長は、水産業の発展のためには、どうしても水谷議員が、邪魔だった。甥の君は、いつも、叔父の水谷とケンカをしていた。また、秘書の荒木豊は、自分が、政治家として伸びるためには、水谷が、目の上のたんこぶに、なっていた。君の友人の木村雄介は、水産物の土産物店をしていて、益田社長と、密接な関係があった。マドンナの香織は、夫の荒木豊のために、水谷がいなくなればいいと、思っていた。三浦信行は病身で、おそらく、友人の君たちから、つねに、助けられていたんだと思う。だから、彼も、君たちの考えに、賛成した。そして、去年の、三月二日の祭りの夜、水谷は、殺された。殺した犯人は、誰か？　たぶん、実行犯は、君だろうと思うが、私は、君一人が犯人とは考えていない。君の後押しをした、五人の人間がいるからだ。地元の警察は、当然のこととして、君と、秘書の荒木豊の二人を、重要参考人として事情聴取した。荒木豊のほうは、前もって三月二日には、後援者と一緒に京都に行っていたから、アリバイがあった。アリバイがないのは、君のほうだった。ところが、同じ仲間の香織が、その夜、君と一緒にいたことを、告白した。不倫を告白したんだ。その告白によって、君のアリバイは、成立し、君は解放された。しかし、妻の不倫に腹を立てた荒木豊は、彼女と離婚した。これによって、香織の証言は、真実と、見なされて、君は、その後、逮捕されずにすんだ。結局、犯人は見つからず、事件は、迷宮入りの様相を、呈《てい》してきた。君たち六人の計画は、これで、完全なものになった。少なくとも、君たちは、そう思ったはずだ。ところが、妙な人物が、この事件の中に入り込んできておかしくなった。それが、君たちの友人の、片山刑事だ。片山は、この小浜に残っていた、妹のみどりから、三月二日の事件のことを、きいた。それで、彼は、疑われている昔の友人の君を、助けようとして、休暇を使っては、この小浜に、しばしば、帰ってくるようになった。彼にとって、小浜は故郷で、懐かしくて、しかも、そこには、昔の友人たちがいた。片山にとって、君たちと、別れてからの、七、八年の空白、それは、何の影響も与えていなかった。つまり、彼にとって、君たちとの友情は、高校を出た時の、ままだったんだ。いや、高校時代、あるいは、中学時代のままだったと、いってもいい。その一つが、たとえば、マドンナの香織に対する愛情だ。片山にとって、二十五歳になった今でも、香織は、昔のままの、美しいマドンナだったんだと思う。空白の七、八年の間に、君たちが、大人になり、そして、友情も、変化するということに、片山は気づかなかったんだ。なぜなら、片山一人だけが、その七、八年を、君たちと一緒に生きていなかったからね。片山にとって、君たちは、高校時代のままの友人であり、また、香織は、高校時代の、マドンナのままだったんだ。だから、君たちが、計画して、一人の人間を殺すなんてことは、まったく、考えなかったに違いない。純粋な気持ちで、休みを取っては、故郷の小浜に帰り、警察に疑われている君を、助けようとした。君たちは、当惑したに、違いない。片山の行動は、君たちにとって、ありがた迷惑だったんだ。すべて計画通りに、殺人を実行し、アリバイ証言も、ちゃんとしたのに、それを、ぶちこわそうとして、現職の刑事が、乗り込んできたんだからね。しかし、君たちは、そんな片山を、無視するわけにはいかなかった。なぜなら、無視すれば、自分たちが、疑われるからね。そこで、君たちは、現職の刑事の片山に、嫌々ながら、助けを求めた。助けを求めなければ、おかしいからだ。それで、片山刑事は、ますます、君たちを、助けようとして、去年三月二日の事件にのめり込んでいった。現職の刑事の目で、調べ直し、また、いろいろな人に会って、この事件のことをきいて廻った。三浦信行は、片山が、本気になって、友人の黒田大輔を、助けようとしないといって、爆弾を送って、片山を殺そうとした。今になって、考えてみると、三浦は、本当に、片山を、殺そうとしたんじゃないか？　自分たちにとって、邪魔な片山を、本当に殺そうとしたに違いない。私は、今は、そう考えている」

十津川は、黒田の目を見つめながら、さらに、続けた。

「香織の、不倫の告白によって、君は、アリバイが、証明されて解放された。一方、荒木豊のほうは、もともと、アリバイが成立していたから、こちらも、解放されて、すべて、君たち六人の計画通りになったんだ。それなのに、片山は、今度は、真犯人を見つけるといって、また小浜の街を調べ廻り始めた。君たちは、困惑した。これでは、せっかく立てた、殺人計画に、ボロが出てしまうかも知れない。何しろ、片山は現職の刑事だからね。そこで、何とかして、片山刑事の口を、封じようとした。その頃から、片山刑事のことを、私立探偵が調べ始めたことが、はっきりしている。私立探偵を雇って、片山刑事のことを調べたのは、君たちとは、思えない。おそらく、益田水産の益田社長だろう。彼ならば、何人もの、私立探偵を雇うだけの金があるからね。私立探偵は、片山が、クラブのホステス、広瀬ゆかりを、助けたことを調べ出した。こうなれば、片山が、その広瀬ゆかりを好きになって、無理心中を図った、そういう事実を、作り上げてしまえば、二人が同時に死んでも、殺人とは、取られないのではないか？　そう考えて、この計画は、実行された。実行したのも、おそらく、君たちではなくて、益田社長だと思う。もちろん、益田社長自身が、直接実行したとは、思えない。彼は金を出して、何人かの屈強な男を雇い、彼らが片山と広瀬ゆかりを、殺したんだ。マスコミは、片山と広瀬ゆかりの死を、無理心中と、報道した。しかし、私たちは、絶対に、その報道を、信じることができなかった。なぜなら、片山という男は、そんなことをする男では、ないからだ。君たち、特に、益田水産の益田社長は、誤りを犯したんだよ。私たちが、部下の片山刑事を、こんな形で殺されて、黙っているはずがないじゃないか。そのことを、君たちも、益田水産の社長も、見誤ったんだ」

「今、十津川さんが、いったことは、すべて、推測でしかないでしょう？　そんな話は、誰も信じませんよ」

と、黒田が、青白い顔で、いった。

「そうは思わないね。私は、今話したことに、確信を持っている」

と、十津川は、いった。

「しかし、証拠もないのに、僕たちを、どうしようというんですか？」

と、黒田が、いった。

「君たちに、いいたいことがある。君たちは、六人で組んで、去年の、三月二日の殺人を計画した。そして、実行した。しかし、この六人の輪を、よく考えてみたまえ。決して、強い輪じゃない。特に、水産業者の益田社長は、ただ単に、利益だけを追求して、水谷議員を殺せばいいと考えている。それに比べて、君たち五人のほうは、もっと感情的なものがあった。逆にいえば、それだけ、君たちのほうが、弱いんだ。現に君は、良心の呵責《かしゃく》から、姿を消した。私が考えるに、去年の三月二日の殺人の、実行犯は君で、その上、君は、友人の片山を死なせてしまっている。もちろん、こちらのほうは、直接的に君が手をかけたとは思えない。今もいったように、片山刑事殺しは、益田社長の仕業《しわざ》だと思っている。しかし、君も君たちも、自分たちが、片山を死なせてしまった、そう思っているんだ。君たちが、まだ、良心というものを、持っている証拠だと、私は思っているが、君は、それに、耐えきれなくなって、姿を消してしまった。しかし、片山と同じように、君も、この小浜という故郷を、捨て切ることができなかったんだ。それで、この小浜に、帰ってきたが、しかし、自分の友人たちに、迷惑をかけてはいけない、そう思って、小浜の海に、身を投げて死のうとした。つまり、そうした君の行動が、犯行を、自供しているようなものなんだよ。君がいくら否定しても、この事実は、変わらないんだ」

十津川は、じっと、黒田を見つめながら、

「また、君のアリバイを証言した、マドンナの香織だって、計画に従って、不倫を証言したが、私は、彼女が、本当に、夫と仲が悪かった、あるいは、離婚をしたがっていた、とは、思っていないんだ。荒木豊のほうだって、同様だろう。荒木は、どうしても、水谷議員を殺す必要があった。自分が出世したいためにね。そのために、三月二日の殺人計画に参加し、自分の妻の香織に、不倫の証言を、させた。おそらく、そのことに、荒木はずっと、後悔し続けるに、違いない。香織のほうも同じだよ。だからいつか、そのボロが出てしまう。私は、そう信じている」

と、十津川は、いった。

「それは、十津川さんの、大きな思い違いですよ。僕が、海に飛び込んだのだって、発作的な気持ちなんです。別に、自分が、去年の三月二日の殺人事件の、犯人だからじゃありませんよ」

と、黒田は、いったが、その声は、妙に弱々しかった。

亀井が、笑って、

「君はまだ若いんだろう？　それにしちゃ、ずいぶん、元気のない声を出すね」

と、からかった。

「大量に、海水を飲んで、疲れているからですよ。二、三日もすれば、元気になりますよ」

と、黒田は、亀井を、睨《にら》んで、いった。

3

十津川と亀井は、いったん、黒田大輔の尋問を中止して、一階の待合室に、下りていった。

そこには、三浦信行や木村雄介や香織と、荒木豊がいた。

彼らは、十津川と亀井の顔を見ると、

「僕たちは、どうして、黒田に会えないんですか？　あなたがたが、邪魔を、しているんですか？」

と、木村が、怒ったように、いった。

「いや、別に、君たちの、邪魔をしている訳じゃない。私たちは、刑事として、黒田大輔に、きくことがあったんだ」

と、十津川は、いった。

「でも、十津川さんたちは、東京の刑事でしょう？　それに、自殺を図った人間を、尋問なんかするんですか？」

と、荒木が、詰問《きつもん》口調で、いった。

十津川は、笑って、

「黒田大輔が、海に飛び込んだのは、発作的な自殺とは、思えないからですよ。あれは、明らかに、自分が犯した罪に、良心がとがめて、自殺を、図ったんです。だから、その辺の事情について、きいたんですよ」

「何のことをいっているんですか？」

と、荒木が、きく。

「あなたがたにも、わかっているはずですよ。去年の三月二日、この小浜で、水谷議員が殺された。それについて、皆さんは、全員で、いや、もう一人、益田水産の益田社長が、加わっていた。黒田大輔を入れて、全部で六人、その六人が、水谷議員を殺すために集まって、計画を立て、実行した。実行者は、黒田大輔。そして、君たちの中の、マドンナの香織さん、あなたが、黒田のアリバイを、証言する役だった。ただ単に、黒田さんは、やっていないと証言しても、警察は、まず、信用しない。そこで、思い切って、あなたは、黒田大輔との、不倫を告白したんだ。さらに完璧を期すために、あなたと、荒木さんは、離婚した。それだけの、リスクを背負っての証言だったから、警察も、それを信用し、黒田大輔は、捜査が難航している今でも安全圏にいる。それも、すべて、最初から、仕組まれていたことじゃないんですか？　荒木さん、あなたのほうは、前もって、アリバイを作っておいたから、事情聴取されても、そのアリバイが成立して、解放された。それを、ほかの二人、三浦さんと、木村さん、あなたがたが側面からフォローした。黒田大輔が、いかに真面目《まじめ》で、殺人なんかしない人間だということを、証言しましたからね。益田社長は、このことが、成功した暁《あかつき》には、皆さんに、経済的な援助を約束したんじゃないですか？　私は、そう考えています。黒田大輔は、叔父の水谷精一郎の死によって、彼の遺産を、引き継ぐことができた。木村雄介さんは、もともと益田水産との取り引きが、あったから、これまで以上に、益田水産との取り引きで、優遇されるでしょうしね。荒木豊さんは、水谷議員の後を継いで、立候補すれば、益田水産から、政治資金を援助されるという約束があったんじゃないですか？　三浦信行さんは、もともと精神的に不安定で、入退院を、繰り返していたから、その面で、経済的に、困っていたと思われますから、これも、益田水産が援助する約束が、あったんじゃありませんか？　マドンナの香織さんは、しばらく間を置いてから、この事件が、忘れ去られた頃、もう一度、荒木豊さんと、再婚することになっていたんじゃないですか？　荒木豊さんが、水谷議員の後を継いで、めでたく、当選した時にね。こうして、皆さんは、全員が、計画通り、利益を得るはずだった。ところがここで面倒なことが起きた。それは、黒田大輔や三浦信行さん、木村雄介さん、そして、マドンナの香織さんの昔の友人、片山が、この事件に介入してきたことです。片山は、純粋に、昔の友人である、あなたがたを、助けようとして、この事件に、口をはさんできたんですよ。あなたがたも、それを、無下《むげ》に、断るわけにもいかず、機先を制して、地元の警察に疑われている黒田大輔を、助けてくれと、片山に頼んでいる。しかし、内心は、困ったことになったと、思っていたに、違いない。もし、真実が、片山の手によって、明らかになってしまえば、皆さんの、せっかくの計画は、台無しになってしまいますからね。だから、今度は、あなたたちは、何とかして片山を追い出そうと図った。しかし、だからといって、表立って片山を追い出すわけにはいかない。なぜなら、片山のほうは、君たちとの友情を信じて、純粋に、好意でこの小浜に来て、いろいろと、調べ始めたんですからね。だから、その難しい仕事を、益田水産の益田社長に、頼んだんじゃないかと、私は、思っている。それで、益田社長は、金を使って、私立探偵に、片山のことを調べさせた。その結果、美人のクラブホステス、広瀬ゆかりを助け、そして、行き来を始めていたことを知り、無理心中に見せかけて、東京で、殺したんですよ。これで、一件落着と、あなたがたは、思ったに違いない」

十津川は、言葉に、力を込める。

「しかし、黒田大輔にも、いったんですが、部下を殺されて、黙っている上司は、いないんですよ。だから、今度は、私や、ここにいる、亀井刑事が、小浜の街に乗り込んできた。たぶん、あなたがたは、片山以上に、私たちが来たことに、当惑したに、違いないと思いますね。今度は、無理心中に見せかけて殺すこともできない。悩んだあげく、実行犯の黒田大輔は、姿を消してしまった。私たちが、真相に気がついてしまうのではないか？　自分が、追いつめられるのではないか？　その不安から、姿を消したんだと思いますね。しかし、人間というのは、悲しいもので、故郷を捨てることは、できないんですね。特に、この小浜のような、美しくて、いい街を、捨てることは難しいでしょう。私は、東京の生まれで、東京で育ったから、故郷を捨てるということが、よくわからないのですが、何となくわかるつもりです。黒田大輔は、いつまでも、小浜から離れていることができなかった。だから、昨日、突然帰ってきた。しかし、自分がいては、あなたがたに、迷惑をかけてしまう。そう思って、自ら死を選んで、海に身を投げたんですよ。幸い、タクシーの運転手が、海に飛び込んで助けたので、黒田大輔は、死なずに済んだ。しかし、これは、あなたがた六人の輪の一角が、崩れたことになるんです。いちばん弱い部分が、壊れたんですよ。そうは思いませんか？　このままでいけば、黒田大輔は、また自殺する、そうは思いませんか？　黒田大輔の自殺を、止められるのは、あなたがただけなんですよ。私は、そう思っている」

十津川は、全員を見つめた。

4

全員が黙ってしまった。その中で、荒木豊が、突然、

「みんな、こんな刑事の口車に、乗るんじゃない。僕たちは、去年の三月二日の事件について、誰も、水谷先生を、殺してなんかいないんだ。もちろん、黒田君だって、殺しちゃいない。僕と黒田君には、ちゃんとした、アリバイがあるし、ほかの三人も、事件には、関係していない！」

と、大声で、いった。

その声に応じるように、

「みんなで、黒田に、会いに行こうじゃないか。みんなで、黒田を励まそうじゃないか」

と、木村が、いった。

「そうよね。彼を、励ましに行きましょう。もう、自殺なんか、しなくていいんだ、そういいましょうよ」

と、香織が、いい、全員が、ゾロゾロと待合室を出ていった。

それを見送って、

「このまま行かせてもいいんですか？」

と、亀井が、いった。

「構わないさ。あの連中が、黒田大輔に会ってどんなことになるか、それを、見守ろうじゃないか？」

と、十津川が、いった。
五、六分して、今度は、彼らが、すごい勢いで階段を下りてきた。そして、待合室に飛び込んでくると、
「彼をどこにやったんだ？」

と、木村が、十津川を睨んだ。

十津川のほうが驚いて、

「どうしたんです？　彼が、どうかしたんですか？」

「彼が、病室からいなくなっているんだ！」

と、木村が、叫ぶように、いった。

香織が、青白い顔に、憎しみを込めて、十津川を睨んで、

「あなたがたが、彼を追いつめたんですね。だから、いなくなったんですよ。どうし

てくれるんですか？　私が証言して、せっかく、彼が、無罪放免されたというのに、どうして、彼を追いつめるようなことを、するんですか？」

「別に、追いつめてなどいませんよ。ただ、私たちは、事実を、追求しているだけですよ」

と、十津川が、いい返した。

「じゃあ、彼が、どこに行ったのか、どうして、いなくなったのか、それを、教えてくださいよ」

と、荒木が、十津川に向かって、いった。

「本当に、彼は、いなくなったんですか？」

今度は、十津川のほうが、きいた。

「そうですよ。どこかに、消えてしまったんですよ。これは、あんたがたの責任だ」

と、三浦信行が、いった。

彼は、もともと病弱だから、顔色は青ざめ、その場に、ズルズルと倒れてしまった。

十津川は、亀井に、

「看護師を呼んでくれ！」

と、いってから、ほかの三人に向かって、

「そろそろ、あなたがたも、覚悟を決めたほうがいいですね」

と、いった。

「何をいっているんだ。われわれを、脅かすつもりなのか？」

と、荒木が、きく。

「別に、脅かしてなんかいませんよ。黒田大輔は、去年の三月二日、あなたがたの、代表の形で、水谷議員を殺している。今、その責任を、一人で背負って、今朝、自殺を図り、今度はまた、あなたがたに、迷惑をかけてはいけないと思って、この病院を抜け出したんだ。また、彼は自殺する可能性が高い。あなたがたは、それを、黙って見ているんですか？　このまま、死なせるつもりですか？」

今度は、十津川が、強い口調で、三人を責めた。

「僕たちに、何をしろというんだ？」

と、木村が、いった。

看護師が二人入ってきて、倒れている三浦信行を、抱えるようにして、待合室から、連れ出していった。

残った三人が、当惑したような顔で、呆然と立っている。

その三人に向かって、十津川が、いった。

「あなたがたも、いいかげんに、良心に目覚めて、欲しいですね。もう、あなたがたの計画は、破綻《はたん》してしまったんですよ。去年の三月二日、あなたがたは、益田水産の益田社長と結託して、水谷議員を殺している。実行者の黒田大輔は、その責任を感じて、自殺を図った。おそらく、また自殺を図る。きっと、黒田は、あなたがたを、助けるために、自分が死ねば、この事件が終わると、そう、考えているんだ。しかし、この事件は、終わらないんですよ。いや、私が、絶対に、終わらせない」

と、十津川は、いった。

「じゃあ、どうすればいいと、おっしゃるんですか？」

と、香織が、きいた。

「終わらせる方法は、一つしかありません。あなたがたが、真実を告白してくればいいんです。そうすれば、少なくとも、黒田大輔は自殺を、思い止《とど》まるでしょう。いや、私たちが自殺させない。しかし、あなたがたが、真実を話さなければ、その真実を守るために、黒田大輔は、また海に身を投げると、思いますね。それを防ぐ方法はありません」

と、十津川は、いった。

三人は、また顔を見合わせた。

彼等は、待合室の片隅に、固まって、何か話しているようだったが、なかなか、その中から、十津川に、話そうとする人間が現われない。

十津川と亀井も、黙って、それを見守っていた。

十分近く経《た》ってから、荒木豊が、三人を代表する形で、十津川のところに戻ってきた。

「もし、僕たちが、真実を話せば、本当に、黒田君は、助かるんですか？」

と、荒木が、十津川に、きいた。

「少なくとも、彼は、自殺を思い止まりますよ。それは、確信しています。しかし、今のままでは、彼は何度でも、自殺を図る。これもわかっています」

と、十津川は、いった。

「とにかく、黒田君を。助けてください。もし、彼が助かったら、僕たち三人も真実を話しますから」

と、荒木は、いった。

十津川はすぐ、松本警部に、来てもらった。

「警官を動員して、黒田大輔を、捜して欲しいんです。このままでは、彼は、また自殺を、図ります。それを、何とかして止めたいんですよ」

と、十津川は、いった。

「彼は、本当にまた、自殺を、図るんですか?」

「それは、間違いありません」

と、十津川は、いった。

「わかりました。すぐに全力を尽くして、彼を捜しましょう」

と、松本が、いった。

5

手の空《す》いているすべての警官が、動員された。

全部のパトカーが、サイレンを鳴らして、小浜の街を、走り回った。

また、彼の友人たち、木村や香織、それに、荒木豊の三人も、黒田を捜して、小浜の街を走り回った。もちろん、十津川と亀井も、黒田を捜した。

夜になって、小浜の海岸を、疲れた足取りで歩いていた、黒田大輔が見つかった。

黒田は、病院を抜け出した後、街の金物店でナイフを買い、それで、手首を切ったが、死にきれず、また、海に飛び込もうと思って、海岸を、さまよい歩いていたという。

すぐに病院に運ばれ、切った手首は、縫い合わされた。

彼を捜していた、木村と香織と荒木豊の、三人も、黒田大輔が、見つかったときいて、病院に集まってきた。

彼ら三人に向かって、十津川が、いった。

「今、黒田大輔は、切った手首を、縫い合わされ、鎮痛剤を、打たれて眠っていますよ。しかし、このままでは、彼はまた、自殺を図る。それだけは、間違いありません」

三人は、黙っている。

十津川は、三人の中の荒木に、向かって、

「さっき、あなたは、黒田大輔を、助けることができるなら、事実を話すといいましたね。今こそ、その約束を、守ってくれませんか？　このままでは、今もいったように、彼はまた、自殺を図りますよ。もし、それでも構わないというのなら、もう、私は、何もいいませんが」

と、いった。

荒木は、しばらく黙っていたが、顔を上げて、

「わかりました」

と、いった。

「僕たちは、一昨年の九月頃、共通の悩みを持っていたんです。それは、水谷先生のことです。僕は、政治家として、一人前になりたかった。しかし、それを水谷先生が邪魔していた。水谷先生が、現役でいる限り、僕には、政治家として、一人前になる道が、閉ざされているように思えたんです。その悩みを家内の香織に、話しました。それからしばらくして、香織は、自分の友人の黒田君を、僕に、紹介したんですよ。彼もまた、別の意味で、水谷先生の存在に困っていた。もちろん、その時は水谷先生を殺すなんてことは、考えても、いなかったんです。しかし、三人でこれからどうしたらいいか、あれこれ話しているうちに、少しずつ、水谷先生が、いなくなればいい、そんな思いに、なってきたんです。この話をどこできいたのか、今度は、益田水産社長の、益田善行さんが、われわれに、話を持ちかけてきたんです。自分も、水谷議員のことで、ひじょうに困っている。あの人がいる限り、この小浜の水産業は、絶対に、発展しない。何とかできないだろうか、という話を持ちかけてきたんですよ。そうして話しているうちに、水谷先生がいなくなれば、すべて、うまくいくのではないか、そんな話に、なってきたんです。その時、益田社長が、こういいました。仲間は、多ければ多いほどいい。そうすれば、力がついてくるし、また、アリバイの証言も、しやすくなる。そういうんですよ。それで、三浦君と木村君も、われわれの仲間に、参加してきました。三浦君も木村君も、お金を必要としていて、それを、益田社長が援助する、そういう、約束をしたんです。それで、われわれ六人の輪が、できあがりました。しかし、誰が水谷先生を殺すか、その大事なことが、なかなか、決まりませんでした。そうしているうちに、黒田君が、自分が実行する、そういったんですよ。そのために、また、計画を練《ね》り直しました。水谷先生が殺されれば、警察はまず、甥の黒田君か、秘書の僕を、疑うに決まっています。だから、そのために、アリバイ工作をしなければなりません。そのアリバイについて、僕たちは、計画を立てました。黒田君が、三月二日に、水谷先生を殺す。だから、その日には、僕は、後援会の人と、京都に行って、泊まり込むことに、しました。そうすれば、アリバイが成立しますからね。問題は、黒田君のアリバイです。彼は、僕たち六人の代表の形で、殺人を実行するのですから、何とかして、彼のために、強力なアリバイを、作らなければなりません。彼が犠牲を払うんだから、僕も、犠牲を払わなければいけないだろう。そう思って、家内の香織と、話をしたんです」

と、荒木は、いった。

「つまり、それが、香織さんの不倫話ですか？」

「そうです。家内の香織が、その夜、黒田君と一緒にいたという、不倫の証言です。その証言を、真実に見せるために、僕が怒って、香織と、離婚する。そうすれば、誰もが、香織の証言を信用するだろうし、捜査が難航していても、もう一度、矛先《ほこさき》が、僕たちに向けられることは、ないだろう、そう考えたんですよ。そして、三月二日の夜、僕たちの計画は実行されました。そして、僕と香織は、離婚しました」

と、荒木は、いった。

「しかし、それは、形だけのものだったんじゃないんですか？」

と、十津川は、きいた。

「そうですよ。僕は、今でも、香織のことを愛しているし、香織だって、僕のことを愛している。だから、あと何年か経って、事件のことを、みんなが忘れた頃、もう一度、再婚しよう、そう約束しているんです」

と、荒木は、いった。

「それで全部、めでたし、めでたし、だったんですね。それなのに、東京から片山刑事が、入ってきてしまった」

「その通りです。それでまた、殺人をしなければならなくなってしまったんですよ」

と、荒木は、疲れた顔で、いった。

「東京で、心中に見せかけて、片山を、殺したのは、益田社長ですね？」

と、十津川が、きいた。

「そうです。三月二日の水谷先生殺しについては、黒田君が一人で、その責任を取った。また、僕は、形の上だけとはいえ、愛する妻の香織と、離婚した。同じように、責任を取ってくれるように、あの益田社長に、いったんですよ。その後で、益田社長がどうしたのかは、僕は、まったく知りません。おそらく、益田社長は、私立探偵を雇って、片山刑事のことを調べ、そして、金を出して、誰かを雇い、心中に見せかけて、片山刑事を、殺したんだと、思いますね」

と、荒木は、いった。

6

次に、十津川は、香織に、話をきくことにした。

香織は、別に、悪びれた顔も見せず、はっきりと、十津川の質問に答えた。

「あなたは、片山のことを、どう思っていたんですか？」

と、十津川は、きいた。

十津川は、それが、いちばん知りたかったからである。

すると、香織は、小さく肩をすくめて、

「片山さんは、まるで、七、八年の歳月がなかったみたいに、私のことを、今でも、マドンナのように、見ていたんですよ。私には、それがとても迷惑でした」

と、いった。

「迷惑だったんですか？　それは、本当ですか？」

と、亀井が、きいた。

「ウソはいいませんわ。七年何カ月か、それだけの、時間があれば、人間は、変わるものなんです。もちろん、女だって変わります。私はもう、片山さんが、マドンナのように思ってくれていた、高校生じゃないんです。何よりも、主人の荒木が、出世してくれることを、願っている女なんですよ。それが、片山さんには、まったくわかっていなかった」

と、香織が、いい、小さくため息をついた。

7

全員が逮捕された。もちろん、益田水産の社長も、彼から金をもらって、東京で、無理心中に見せかけて、片山と広瀬ゆかりを殺した、若い社員二人も、逮捕された。

片山みどりの部屋が荒らされたのも、彼らのやったことだった。

殺人事件のすべての捜査が、終わってから、十津川と亀井は、小浜の街を、去ることになった。

駅には、松本警部と、片山刑事の妹の、みどりの二人が、十津川たちを、送りにきてくれた。

「何とか、事件は、無事に解決しましたが、これから、嫌なことが待っています。何しろ、あの連中を、尋問しなければなりませんからね」

と、松本が、いった。

十津川は、みどりに目をやって、

「あなたは、これからどうするつもりですか？」

と、きいた。

「わかりません。でも、この小浜の街は、好きですから、ずっと、この街で暮らしていたいと思っています」

と、みどりは、いった。

列車が来て、十津川と亀井は、二人に挨拶《あいさつ》して、乗り込んだ。

列車が動き出す。

小浜の、美しく、穏やかな街並みが、次第《しだい》に、十津川の視界から、消えていった。

「片山は、今頃、小浜のことを、どう思っているでしょうね？」

と、亀井が、きいた。

「どう思っているかな。好きだった故郷の小浜から、裏切られたと、思っているかも知れない」

と、十津川が、いった。

「あのマドンナの香織の言葉も、胸に痛かったですよ」

と、亀井が、いった。

「そうだな。故郷を離れていた片山には、七、八年経った今でも、昔のままの小浜であり、昔のままのマドンナだったんだ」

「その七年何カ月かで、友人たちの気持ちが変わったことに、気がつかなかったんですね」

と、亀井が、いった。

「それだけの歳月が経てば、故郷の小浜の街も友人の気持ちも変わってしまうんだ。私には、それが悲しいよ」

と、十津川は、いい、ふと、窓の外の景色から目をそらした。

解説

縄田一男

何ということであろうか――。

事件の発端はこうだ。

中野駅近くのマンションで、六本木のクラブのホステスの刺殺死体が発見され、このマンションから歩いて十五、六分のところにある有料駐車場の奥、そこに停めてある軽自動車の中で、若い男が血まみれになって死んでいるではないか。死体の傍にはホステスと男の血がついたサバイバルナイフが転がっており、男が女を殺した上での無理心中と判断された。

問題はその先にあった。男が、警視庁捜査一課の片山明刑事であり、かつて痴漢に襲われたホステスを片山が助けたことから、彼が好意以上のものを抱き、ストーカー行為に及んだ末の犯行と断じられてしまったのである。

そんなはずはない。

この緻密な偽装工作の成功に犯人は、ほくそ笑んだ。だが、この時点でそこにたった一つの誤算があったことに犯人は気づいていない。

何故なら犯人とされた刑事の上司が警視庁捜査一課の名うての敏腕警部、十津川省三であったからである。

本書『十津川警部「故郷」』は、「小説ＮＯＮ」の平成十六年二月号から八月号にかけて連載され、同八月、祥伝社からノン・ノベルスの一巻として刊行された作品である。

初刊本カバーの袖に付された〈著者のことば〉で西村京太郎は次のように記している。

誰にとっても、故郷は忘れ難い。故郷を遠く離れて生きる人間ほど、故郷は、なつかしく、胸に迫ってくるといわれる。しかし、故郷とは、いったい何だろう。若い時、働くために故郷を離れて、大都会に出たが、年老いると、故郷に帰って行く人が多い。

そう考えれば、故郷は生まれ、そして死ぬ場所かもしれない。

その一方、故郷を追われた人もいる。故郷は、大都会ほど、寛容ではないということだろう。故郷は優しいと同時に、厳しい。温かいと同時に、時には人を裏切る。そんな故郷が、私は好きだ。

さて、片山刑事の故郷は若狭小浜である。

片山刑事以外の三人の容疑者のアリバイは全員成立。片山のマンションの部屋に、写真立てに入れて飾ってある女性の写真が彼の妹ではないか――十津川は、亀井刑事とともに片山の死を知らせに小浜に赴く。片山の妹みどりは交通事故にあって入院中であるという。

さて、小浜といえば、畿内の色が濃い港町で、律令時代より前から大和王権の日本海側の入口として栄えてきた。小京都と呼ばれることも多く、市内には、国宝や国指定の重要文化財が数多く立地し、〝海のある奈良〟と呼ばれることもある。三月に、奈良の東大寺で実施されるお水取りの水は、遠敷川・鵜の瀬から送られたものといわれている。

また、伊勢・志摩や淡路島と並んで、海産物を奈良や京都まで送った地域（御食《みけつ》国《くに》）の一つでもある。

江戸時代には、浅井三姉妹の次女・初の夫である京極高次や酒井氏などが収める小浜藩の城下町であった。この時代から鯖の水揚げ基地ともなっており、作中で十津川が亀井に問いかけるように、〝鯖街道の起点〟でもある。

　さて、この小浜の紹介のくだりにもう伏線が記されているので、解説を先に読んでいる方は、ここからは、どうぞ本文の方に移っていただきたい。

　小浜に赴いた十津川らは、片山の妹を見舞った後、わらをも摑む思いで、片山が通っていた高校に行き、彼が「パピルス」という同人雑誌に加わっていたことを知る。その同人のうち二人、木村雄介と佐伯香織が今も小浜に住んでいることを教えてもらう。

　そして、この二人のうち、佐伯香織が、片山刑事の写真立てに飾ってあるくだんの女性である。

「パピルス」の同人五人のうち、香織は紅一点であり、その美貌から同人たちのマドンナであった。小浜は、女流歌人・山川登美子の生まれた土地である。一説に登美子は、「明星」で、晶子と与謝野鉄幹の愛を争った関係で、鉄幹は、〝白百合〟こと登美子に魅かれていたが、彼女には、親の決めた許婚がおり、やむなく晶子と結ばれたという。

　香織は、「パピルス」同人たちにとっての山川登美子であったらしい。

が、判ったのはここまでで、再び壁に突き当たった十津川らが退院したみどりを訪ねると、片山が、最近、これは大事なものだからしまっておいてくれと、日記やスケッチブック、同人雑誌、最近の手紙等を送ってきて、負けず嫌いの彼が、電話で、東京の生活に疲れたから小浜に戻って暮らしたいといったり、今年になって三回、小浜に帰省したことを知らされる。

香織のことを描いたスケッチブック、日記から読み取れる彼女への思慕や、彼女を恋していた同人誌仲間の自殺未遂等々……。

片山刑事と故郷のあいだに一体、何があったのか?

そして、この長篇のように作者の文芸趣味が色濃く全篇を彩っている作品も珍しいといえよう。

が、とうとう事件の核心が見えてくることになる。片山がみどりに頼んで送ってもらった「小浜新報」社会面のスクラップブックにまとめられていたのは、去年の三月のお水送りの晩に起こった小浜市市会議員の殺害事件であり、この段階で判断できないものの、この事件には、片山を除いてかつての同人誌仲間が何らかのかたちで関係しているではないか!?

そして、片山の元へ送られ、彼を苦悩の淵に佇立させた手紙の数々——。

亀井の「——故郷とか、昔の友人というのは、自分の胸のうちで、どんどん浄化されていきますからね。ものすごく純粋な、宝みたいに見えてしまうんですよ。その郷里と昔の友人に裏切られたら、それは、ショックに違いありません。ですから、片山も、裏切られているんじゃないか、そう思って、内心、穏やかじゃなかった、そう思いますよ」ということば通りに、片山に送られてきた手紙の意味が、まったく違うものに逆転するくだりは、見事というしかない。

ラスト近く、十津川警部が、犯人の人間的弱さを追及する場面には、おごそかな怒りが込められており、十津川ものの中でも、これほど哀愁に彩られた作品は珍しいのではあるまいか。

そして物語が終わりを告げるとき、列車の車窓から小浜の景色を見つめる十津川警部の脳裏には、こんな詩歌の一節が浮かんでいたかもしれない。

ふるさとは遠きにありて思ふもの
そして悲しくうたふもの

——室生犀星「小景異情　その二」より——

この作品は2004年8月祥伝社より刊行されました。
なお、本作品はフィクションであり実在の個人・団体などとは一切関係がありません。

徳間文庫

十《と》津《つ》川《がわ》警《けい》部《ぶ》「故《こ》郷《きょう》」

2018年12月15日 初刷

著者 西《にし》村《むら》京《きょう》太《た》郎《ろう》

発行者 平野健一

発行所 東京都品川区上大崎三―一―一
目黒セントラルスクエア 〒141―8202
株式会社 徳間書店

電話 編集〇三(五四〇三)四三四九
販売〇四八(四五一)五九六〇

振替 〇〇一四〇―〇―四四三九二

印刷
製本 大日本印刷株式会社

ISBN978-4-19-894421-6 (乱丁、落丁本はお取りかえいたします)

西村京太郎ファンクラブのご案内

会員特典（年会費2200円）

◆オリジナル会員証の発行　◆西村京太郎記念館の入場料半額
◆年２回の会報誌の発行（４月・10月発行、情報満載です）
◆抽選・各種イベントへの参加
◆新刊・記念館展示物変更等のハガキでのお知らせ（不定期）
◆他、楽しい企画を考案予定!!

入会のご案内

■郵便局に備え付けの郵便振替払込金受領証にて、記入方法を参考にして年会費2200円を振込んで下さい■受領証は保管して下さい■会員の登録には振込みから約１ヶ月ほどかかります■特典等の発送は会員登録完了後になります

［記入方法］１枚目は下記のとおりに口座番号、金額、加入者名を記入し、そして、払込人住所氏名欄に、ご自分の住所・氏名・電話番号を記入して下さい

郵便振替払込金受領証　窓口払込専用

00	口座番号		金額
	00230-8-17343		2200
加入者名	西村京太郎事務局	料金（消費税込み）	特殊取扱

２枚目は払込取扱票の通信欄に下記のように記入して下さい

通信欄
（1）氏名（フリガナ）
（2）郵便番号（７ケタ）　※必ず７桁でご記入下さい
（3）住所（フリガナ）　※必ず都道府県名からご記入下さい
（4）生年月日（19XX年XX月XX日）
（5）年齢　（6）性別　（7）電話番号

十津川警部、湯河原に事件です

西村京太郎記念館
■お問い合わせ（記念館事務局）
TEL0465-63-1599
■西村京太郎ホームページ
http://www4.i-younet.ne.jp/~kyotaro/

※申し込みは、郵便振替払込金受領証のみとします。メール・電話での受付けは一切致しません。